JN067602

マドンナメイト文庫

孕ませ性活 熟乳ママと悪魔のような少年

鈴川 廉平

目次
contents

孕ませ性活　熟乳ママと悪魔のような少年

第一章　Hカップ熟女の淫靡な痴態

「ねえねえ、尚《しょう》ちゃん。駅前で偶然、担任の甲斐《かい》先生に会って褒められちゃった」

リビングのソファに座ってゲームをしていると、買い物から帰宅した母の亜美《あみ》が、満面の笑みで隣に座ってきた。

「息子さん、いつも勉強頑張ってますねって。ママも鼻が高いわ」

今年で三十五歳になる亜美は、小柄な身体で顔の輪郭《りんかく》に丸みがあり、瞳も大きいので年齢よりもかなり若く見える。

小さめの唇から白い歯を覗かせながら、母は少女のようにはしゃいで尚太《しょうた》の腕に抱きついてきた。

「ちょ、ちょっと、なんでしがみつくんだよ！」

母の手を、慌てて尚太は身体をねじって振り払う。森下《もりした》尚太は中学生。思春期の一番多感な時期だ。

母はとにかくスキンシップが多めで、尚太のことをいまも幼いころと同じように見ている感じだ。

「ごめんね、いやだった？」

尚太が拒絶すると、母は寂しげな顔で隣に座る息子を見つめてくる。すでに尚太のほうが身長を追い抜いているので、上目遣いになった瞳が潤んでいた。

「べっ、別にいやじゃないけど……びっくりしただけだよ」

尚太は真面目で優しい性格なので、悲しそうにする母を突き放すことなどできない。父親が長期の海外出張に行っているので、マンションに一人息子の尚太と二人暮らし。母は寂しいのか、最近は少し甘えるような態度を見せることがある。

普通の中学生男子ならば、そんな母親のことを気持ち悪いというのが当たり前かもしれないが、愛らしい顔立ちの熟女が相手だと、少しドキリとしてしまう自分がいた。

「あーん、優しいね、尚ちゃん！」

一転嬉しそうになった母は、さらに強く尚太の腕にしがみついてきた。小柄なのに胸がかなり大きく、柔らかい物体があたる感触が伝わる。

「だからって、抱きつくなって」

服越しでもわかるくらいの巨大な乳房に、尚太はもう顔が真っ赤だ。

母に女を感じてはいけないとわかっていても、目覚めだした男の感情が反応してしまう。

「ねえ、尚ちゃん、顔赤くない？　お熱でもあるの？」

いつも尚太のことを心配している母は、すぐに息子の変化に気がついて、おでこを触ってきた。

「な、なんでもないよ……僕、そろそろ宿題するから」

「本当に平気なの？　ねえ」

心配そうにしている母を振り切るように、尚太は自室に向かう。実の母が相手なのに、胸が高鳴っている自分がいやだった。

「え？　結婚……現地で……」

日曜のお昼、森下家に突然の来客があった。父の会社の部長で、両親の結婚式の仲人《なこうど》らしい。

尚太のほうも同級生の友だちが遊びに来ていたので、母が一人で応対している。

友だちと自分が飲むためのジュースを、キッチンに取りに行こうとしてドアを少し開いたときに、変な言葉が聞こえてきて尚太は立ち止まった。

「どうしたんだ、尚太？　え、なに……」

リビングのドアの前で立ち止まった尚太に、友人の高村《たかむら》ジョゼ健人《けんと》が話しかけた。

ジョゼは南米系の母と日本人の父の間に生まれたハーフで、彫りの深い顔立ちに筋肉質の大柄な身体をしていて、とても尚太と同い年には見えない。

勉強のほうはイマイチだがスポーツ万能というか、日本人の中学生とはかけ離れた能力をもっていて、逆に勉強は得意だがスポーツはだめな尚太と仲がいいことを、周りからは不思議がられる。

「しっ……」

唇の前に指を立てて、尚太はジョゼを静かにさせた。明るい性格の彼は声も大きい。

「どうしたの？」

尚太の背中に自分の身体を密着させて、ジョゼはわずかに開いたドアの隙間を覗き込む。二人とも真っ直ぐに立っているが身長差がかなりあるので、ジョゼの顎が尚太の頭の先よりも高い位置にある。

「信じられないかもしれませんが、森下は現地の女性と、あちらで結婚式をあげたそうです」

隙間の向こうに見えるリビングのソファから、信じられない言葉が聞こえてきた。

部長が言う森下というのは、海外にいる父のことだろう。

「ほえっ、結婚？　日本って、奥さん一人でしょ？」

「しっ、静かにして！」

息子の尚太よりも先に声を出したジョゼの口を、慌てて手で塞《ふさ》いだ。リビングの中にいる、母と部長に気づかれるわけにいかない。

「絶対に声出したらだめだって。頼むよ……」

尚太が小声で囁《ささや》くとジョゼが頷《うなず》いたので手を離し、ドアの向こうに目を向ける。

「本人にも帰国するように言ったのですが、契約や現場の立ち会いがあると言って、はぐらかすのです」

仕事の事情と言われれば、上司である自分も無理やり帰国しろとまでは、なかなか言えないと部長は語った。

「でも帰ってきたら、私が仲人としてちゃんと問いただすから。もう少し時間をください、亜美さん」

部長は強い口調で言って、ソファから立ちあがる。それを見て母も腰をあげたが、顔は蒼白《そうはく》で目は虚《うつ》ろだ。

「おい、尚太。戻らないと！」

ドアの隙間からそれを覗きながら、呆然《ぼうぜん》となって動けない尚太の腕をジョゼが引っ張った。

二人が尚太の部屋に飛び込んで間を開けずに、部長と母が廊下を歩く足音がした。

「亜美ママを、泣かせるなんて……許せないね」

ジョゼは尚太の母のことを、亜美ママと呼んでいる。なんでも彼の母方の母国での習慣らしく、母も嫌がっているわけではないので尚太も別に文句は言っていない。

その母はいま、リビングで静かにすすり泣いている。

「向こうの国の家には、鉄砲も置いてあるんだけどな」

ジョゼの母は南米の国の人で、彼も去年まではそちらで生活をしていた。ただ住んでいる街の治安が悪化してきたので、日本に住む離婚した父のところに来たのだった。

日本語は母から教えてもらってペラペラだが、発音も少しおかしいし変な言葉を発することもある。

「お、おい、そんなやばいことやめてくれよ！」

日本人のジョゼの父も仕事で忙しく、母はたまにご飯などをご馳走したりしている。

だから慕《した》っているのはわかるが、ピストルとはあまりに物騒だ。

「わかってるよ、尚太のパパさんだしね」

ベッドに座る尚太に対し、ジョゼは勉強机のイスに座って話している。

大柄で褐色《かっしょく》の肌の彼は大人っぽく見え、彫りの深い目が少し危なげに見えて怖い。

「僕がジョゼを止めて、どうするんだよ……」

怒り心頭なのは尚太も同じだ。母というものがいながらさらに結婚など、わが父親ながら正気の沙汰《さた》とは思えない。

ただ父は尚太と同じように真面目一筋のような人間だったので、いまの時点ではあまりに現実味がない。

母には部長がスマホの画面を見せていたので、おそらくはなにか証拠写真のようなものがあったのだろう。

「そうだね、いまは亜美ママに、元気出してもらう方法を考えないとね」

ジョゼがそこまで気にする必要はないと思うのだが、彼の気持ちは少し嬉しかった。

「パーティしようよ、尚太。前の国じゃつらいことがあったりしたら、そうするね」

「ええっ!?」

両手を叩いて立ちあがった友だちを、尚太は驚き顔で見あげた。

「どうだね、亜美ママ？　僕のジャガイモ料理」

夫がなんと重婚していたと聞いて落ち込んでいた亜美に、息子とその友人がいっしょにご飯を食べようと言ってきた。

現地の花嫁衣装を着た若い女性と、並んで祝福される夫は満面の笑みだった。その夫からは、電話もメールもまったく返事がない。

とても子供たちとパーティのようなことをする気持ちになれなかったが、彼らの思いやりを拒否することはできなかった。

(尚ちゃんだって、つらいはずなのに……)

友だちがほとんどいなかった尚太が、中学に入って初めてできた親友はハーフの少年だった。

小柄でおとなしめの息子とは逆の、大柄で明るい性格の彼が「亜美ママのために料理をする」と言ってきたのが一昨日だった。

「ありがとう、二人とも」

タイミング的に考えて、先日やってきた夫の会社の部長との会話を盗み聞きしていたのだろう。

大人の話をこっそり聞いていたのはいただけないが、自分を励まそうとする二人の気持ちは嬉しい。

「どうしたの？　母さん、黙り込んで。僕だっておばあちゃんに教えてもらって、お魚の料理を作ったんだよ」

息子の尚太は地方に住んでいる亜美の母に電話でレシピを聞いて、子供のころに食べていた料理を作ってくれた。

愛する息子が、そんなことをしてくれた。亜美はそれだけで胸がいっぱいだ。

「うん、いただくわ。この鯖の煮付け、懐かしい……」

微妙な違いはあるが、母によく似た味付けだ。魚の目利《めき》きも教えてもらったのだろうか、身も新鮮な感じがする。

尚太がスーパーや魚屋でどれにしようかと考えている姿を想像すると、嬉しさに涙が浮かんできた。

（私には、この子がいるから……）

もともと気が強いほうではない亜美は、夫が重婚したと聞いてパニックを起こしそうになり、部長からも心配された。

そんな自分がなんとか心を強く持てたのは、尚太の存在があったからだ。

出張の多い夫なのでほとんど亜美が一人で育てていて、どうしても甘やかしてしまったが、思いやりのある子に育ってくれてよかった。

「亜美ママ、僕の食べてよ」

「はいはい、あら、これもおいしいわ」

今度はジョゼが作ってくれた、彼の母国の料理を口に運んだ。見た目はとても赤いが、意外にも辛くなくておいしい。

「やった！」

二人はハイタッチをして喜んでいる。そんな無邪気な息子とその友人に、亜美はつらかった心が少し癒されていくのだ。

「今日も亜美ママ、可愛いね」

せっかくパーティを開いてくれたのに暗い服装もいけないと思って、亜美は明るい色のロングスカートに薄手のセーター姿だ。

「もう……おばさんを、からかわないの」

中学生のくせにませたことをいうジョゼだが、大人びた風貌《ふうぼう》もあってか、たまに男を感じさせるときがある。

「嘘じゃないよ、二十代にしか見えないよね？　尚太」

「ぼ、僕にそんなこと聞かれても……」

困っている息子を見て笑いながら、「お世辞でも、若く見られたら嬉しいわ」と、亜美は答えるのだった。


「はい、亜美ママ、僕の国の元気が出るドリンクだよ!」

料理も半分ほど食べたところで、キッチンを借りると言って姿を消していたジョゼが、ピンク色の飲み物をコップに入れて持ってきた。

「おいおい、なんだよこの色……」

不気味な感じのするドリンクを、尚太は手に取って匂いを嗅いでみる。いきなりこんなものを母に飲ませるわけにはいかない。

ただ鼻を近づけると、見た目に反して柑橘《かんきつ》系の爽やかな香りがした。

「へー、美味しそうじゃん」

パーティでテンションがあがっていたせいもあってか、尚太はそのドリンクへの興味がわいてきた。

コップを見つめながら、尚太はそれを口に運ぶ。

「あっ、尚太だめだって!　お前は飲んだら、お酒が多めに入ってるよ」

ジョゼが少し変な日本語を叫びながら、止めに入ってきた。だが甘めで口当たりのいいドリンクを、尚太は半分ほど飲んでしまっていた。

「えっ、お酒、でもとくになにも……」

ちょっと喉が変な感じはあるが、甘めのジュースのような感じだ。

けっこう好きな味なので尚太は焦《あせ》るジョゼを見ながら、残りも一気に飲み干した。

「うっ……」

その直後、見慣れたリビングの景色が歪《ゆが》みだした。尚太は座っていることもできなくなって、テーブルに突っ伏《ぷ》してしまった。


「あ……私……なにして……尚ちゃんは？」

自分が寝入っていたことに驚きながら目を開くと、リビングの天井が見えた。

どうやら亜美はソファの上に寝ているようだが、記憶が曖昧《あいまい》だ。

（たしかジョゼくんに、お酒を勧められてから……）

初めてのお酒を飲んでひっくり返った息子は、とりあえず大丈夫そうだったので、ジョゼが担いで自室のベッドに寝かせた。

そのあと帰るかと思っていたジョゼだが、亜美に元気になってもらいたいと、お酒を勧めてきた。

自分を励まそうとする彼の気持ちを無下《むげ》にできず、口当たりのいいカクテルを何杯か飲んだが、その途中から記憶が途切れている。

（やだ！　私、酔っ払って寝ていたんだ。起きないと……）

お酒を飲みすぎたりした経験がない亜美は、息子の友だちもいるというのに眠り込んでいた自分に驚きながら、仰向けになっている身体を起こそうとした。

「ううっ……」

同時にふらつきを感じて、亜美は再びソファに小柄な身体を投げ出した。頭が痛く、そして下半身になにか這《は》い回っている感じがする。

「あっ、起きたね、亜美ママ」

まだ意識が怪しい感じがするが、足元のほうからジョゼの声を聞いて、亜美は大きな瞳を開き、どうにか頭を起こした。

「な、なにしてるの、ジョゼくん。きゃあ！」

自分の身体のほうに目をやった亜美は、驚きのあまり悲鳴をあげた。だがアルコールのせいなのか、かすれた声しか出ない。

なにより驚愕したのは、自分が一糸まとわぬ姿になっていて、開かれた白い両脚の間に、ジョゼの褐色の身体があったからだ。

「な、なんで？　私、裸に……」

セーターもスカートも、さらには下着類も身体から消え去っていて、亜美はもうパニックになった。急いで身体を起こそうとするが、まだ手脚に力が入らない。

「亜美ママが、熱いって言って、脱いじゃったんだよ。そんで、ここに寝たの」

「そんな、私が……」

たとえ家族の前であっても、リビングで裸になるなど亜美は考えたこともない。とても信じられないが、なにしろ記憶がないのだ。

「わ、わかったから、そこをどいて！」

ただこのままの状態でいいはずがない。よく見ると、ジョゼもパンツ一枚の姿だ。彼がなにをしようというのか、少し想像しただけで背中に戦慄《せんりつ》が走った。

「けっこう、きつめのお酒だったから、まだ動かないほうがいいよ。あっ、ここも綺麗だよね、亜美ママは」

狼狽《うろた》えながらも、諭《さと》すように言った友だちの母の股間を、ジョゼはじっと見つめる。

夫以外には見せたことがないその場所を、中学生の少年に晒《さら》していることに、亜美は恐怖した。

「お願い、離れて！」

脚を閉じようとするが力が入らず、ジョゼの肩に肉感的な太腿がぶつかるだけだ。

「離れないよ。僕なりに、亜美ママを励ましたいんだ」

ジョゼはもう亜美の股間の直前にまで顔を近づけ、彫りの深い瞳を向けてきた。

「そんなの必要ないから、あっ、だめ、いや、触らないで！」

「亜美ママって、可愛らしくて女の子ぽいけど、身体はエッチだね。ここの毛も濃いめだし」

必死で訴えるが、ジョゼはかまわずに亜美の淫唇を指で開きながら、みっしりと生《お》い茂った秘毛を指で引っ張った。

「あっ、いやっ、離しなさい、あっ、いやっ」

丸顔で瞳が大きく、身長も低めて愛らしい亜美は、同性からも高校の制服が似合いそうだと冷やかされたりする。

中身のほうは、年齢なりに陰毛も濃くお尻も大きい。なによりバストがHカップもあるので、歩くだけで揺れて人目を引きつけるのがいやだった。

「ねえ、亜美ママ。僕とね、男と女になってよ」

少しおかしな日本語だが、意味ははっきりとわかる言葉を低い声で発したあと、ジヨゼは舌を出してきた。

「む、無理よ、あっ、そこは、あっ、いやっ、あああ！」

ジョゼの舌は、亜美のクリトリスをゆっくりとなぞってきた。同時に、長い間忘れていた女の快感が突きあがって腰が大きく跳ねた。

「けっこう敏感なんだね、亜美ママは」

夫が海外に行ってからしばらく経《た》つので、こういう行為はまったくしていない。熟した女の身体は刺激を求めていたのか、亜美も驚くくらいに反応していた。

「嬉しいよ、僕の舌で気持ちよくなってくれて。んんん」

薄めの唇を大きく割って喘ぐ亜美に気をよくしたのか、ジョゼは舌を大きく横に動かし、肉の突起を転がしてきた。

「だめっ、ああっ、あああん！」

息子の友人を相手にいけないと思いつつも、亜美はソファに仰向けの身体を震わせて喘いでしまう。

頭はぼんやりとして、開かれた脚にはまったく力が入らないのに、そこだけはやけに敏感な気がした。

「最高だよ、亜美ママ、もっと気持ちよくなって」

今度は唇でクリトリスを挟んだジョゼが、チュウチュウと音がするほど強く吸いあげてきた。

「はあううう、ああっ、いやああ、ああん、あああん！」

肉芽を吸い出されるような快感に、亜美はトランジスタグラマーな身体をのけぞらせて、強い絶叫をあげた。

夫には指で触られるくらいのクリトリスを、こんなふうにされるのは初めてだった。

（この子……うまい……ああ……）

夫との行為は一方的で、彼が満足したら終わってしまう。それに亜美は少し不満を覚えることもあったが、一人の男しか知らないので夫婦とはそういうものかと納得していた。

「もっと感じてよ、んんんんん」

ジョゼの行為は、逆に亜美を悦ばせようとしている気がする。とても息子と同い年の少年とは思えないネチっこさで、クリトリスを吸って舐めてきた。

「ああああっ、いやあっ、ああっ、はあああん！」

自分でも情けなく思うくらいに、亜美は淫らな声をあげてしまっている。息子の尚太が、初めての酒を呑んで眠っていることだけが救いだ。

（いや……私……なんてことを……）

息子に淫らな声を聞かれていないことに自分がほっとしているのに気がつき、亜美は愕然《がくぜん》となった。

人妻であるはずの自分が、夫以外を相手に感じていいはずがない。そう思ったとき、ようやくジョゼの舌が止まった。

「ジョゼくん、ねえ、お願い……もうやめよう。取り返しがつかないことになるわ」

少し呼吸が回復できた亜美は、大きな瞳を自分の両脚の間で身体を起こした褐色の少年に向けた。

いま彼を説得できたら、なにもなかったことにできるはずだ。

「僕はこれで、亜美ママを癒してあげたいんだ。つらい気持ちを忘れてよ」

懸命に訴える友だちの母に、やけにギラついた目を向けたジョゼは、彼が身につけている最後の一枚のボクサーパンツを脱ぎ捨てた。

「ひっ！」

下着まで大人っぽい彼の股間が目の前に現れる。すでに力強く屹立《きつりつ》しているそれを見た瞬間、亜美は説得する気持ちも吹き飛んで固まった。

（な、なにこれ？　この大きさ……）

外人のモノは日本人よりも大きいと聞いたことがあるが、そんな言葉では説明がつかないくらいに、巨大な逸物だった。

長さも太さも夫の倍以上はあり、とくに恐ろしいのは亀頭のエラの張り出しが、一センチくらいはあるように見えることだ。

「僕のコレね、日本とラテンの、いいところ取りなんだって。国でセックスした女の人が、みんな言ってたよ」

中学生なのに彼に余裕があるように見えるのは、どうやら日本に来る前に女性経験を積んでいるからのようだ。

しかも、口ぶりからして複数の相手と経験があるのは間違いない。

「いっ、いやっ、早くしまいなさい！　そんなの……」

歳の差はまさに親子ほどあるが、亜美は夫一人しか知らない。あまりに巨大な怒張を前に、もうかすれ声しか出なかった。

「ひどいなあ、そんな言い方。亜美ママを気持ちよくしてくれる、チ×チンなのにさあ」

少し拗《す》ねたように唇を尖らせながら、全裸の少年は再び亜美の白い両脚の間で身体を倒してきた。

「いっ、いやっ、それだけはだめ、やっ！」

慌てて亜美は逃げようとするが、両腕を褐色の大きな手で押さえられて動きを封じられた。

それと同時に、硬く熱いものが自分の敏感な肉にあたる感触があった。

「やめっ、だめ、あっ、くうう……」

大きな目をさらに見開いて、彼の腕を振り払い身体を逃がそうとするが、小柄な亜美の力ではどうにもならない。

そうしているうちに、熱い肉の塊《かたまり》が自分の中に侵入してきた。

「あっ、ひあっ、いやっ、あっ、くううう……」

久しぶりに感じる、男の感触。ただ夫とまったく違うのは、驚くくらいに媚肉が拡張されていることだ。

「あっ、いやあっ、お願い！　ああっ、抜いて、くううう……」

途切れ途切れになりながらも、亜美は言葉を振り絞る。

まだ先端が入っているだけといった感じなのに、骨盤ごと引き裂かれているようだ。

「赤ちゃんだって産んだんだから、大丈夫だよ。ゆっくり馴らすから」

あっという間に息も絶えだえの小柄な熟女に対し、大人びたハーフの少年は余裕を見せながら、小刻みに腰を使ってくる。

巨大な亀頭が小さなピストンを繰り返しながら、徐々に亜美の中を拡張する。

「動かさないで！　あっ、あっ、くう……」

巨大な逸物はじっくりと時間をかけて進み、亜美は仰向けの身体をよじらせたり、白い歯を食いしばったりして悶《もだ》えている。

ただ拡がった膣肉からは、徐々に痛みが消えていっていた。

「いっ、いやっ、お願い！　あっ、くうう……」

肉感的な白い太腿を揺らして、亜美は大きな瞳に涙を浮かべている。

その恐怖の対象は痛みや苦しみにではなく、女の感覚を自分が取り戻してしまうことに向けられていた。

「ふふ、亜美ママのエッチなジュース、たくさん出てきたね」

熟した女の身体の燃えあがりは膣内の反応として出ている様子で、ジョゼを調子に乗らせている。

「ち、違うわ……あっ、ああ！」

息子の友だちの肉棒を胎内に受け入れながら、悦びを感じていると思いたくもないし、認めるわけにはいかない。

ただ膣の反応は、自分の意志ではどうにもならなかった。

「ふふ、違わないよ。亜美ママのオマ×コが、僕のチ×ポを歓迎してるんだよ」

「しっ、してないわ……あっ、抜いて、あっ、だめっ、はあああん！」

彼の言葉を否定しようとした瞬間、エラの張り出した亀頭が一気に奥にまで進んできた。

熱を持った亀頭が膣奥を捉《とら》え、亜美は背中をのけぞらせながら、Ｈカップのバストを弾《はず》ませて声をあげた。

「可愛い声が出たね、亜美ママ」

女の敏感な場所を突かれて息を詰まらせた亜美を見下ろして、ジョゼは嬉しそうに笑った。

「ち、違うわ、感じてなんか、ない……」

彼の笑顔が意味するところを理解した亜美は懸命に首を振るが、心の中では激しく狼狽えていた。

ゆっくりと肉棒が奥に達しただけだというのに、ジンジンと腰の辺りが痺《しび》れている。

（い、いけない……感じては……）

夫のいる身でありながら、しかも少年に犯されて女の反応を見せてはならないと、亜美は思う。

なんとかしてこの子を説得して、身体を離れさせなければならない。

「ねえ、ジョゼくん……」

「ああ、亜美ママの中、すごく熱いよ、ヒクヒクしてる」

ただジョゼのほうは亜美の媚肉の感触に酔いしれていて、言葉など届いていない。

「亜美ママの奥に、僕の全部入れるからね」

「えっ……」

続けて言った彼の言葉に、亜美は目を見開いて絶句した。

「だってほら、まだ半分以上は、外に出てるよ」

肉棒を入れたまま、ジョゼは亜美の腕を引っ張って、仰向けの上半身を起こさせた。

彼の見ている方向に、つい目をやってしまう。

「いっ、いやっ！」

そこには彼に濃いと言われた陰毛の草むらと、ぱっくりと口を開いて肉棒を呑み込む、ピンクの肉裂があった。

それが自分の肉体だと思いたくない淫靡《いんび》な姿だが、それ以上に驚いたのはジョゼの黒い肉茎のまだかなりの部分が、外に出ていることだ。

「ふふ、全部入れるよ。大丈夫、亜美ママなら、受け止められるよ」

「ちょっと、待って、ジョゼくん！」

いままでも、膣奥に亀頭が食い込んでいる感触がある。そこから奥は夫との行為では届いたことがない、未経験の深さだ。

恐ろしくて泣き顔になる亜美だが、ジョゼは引き寄せていた腕を放すと同時に、一気に腰を押し出した。

「ひっ、ひいいい、ああっ、ああああ！」

濡れた媚肉を野太い逸物が引き裂き、膣奥をさらに押しあげてくる。

もう快感なのかもわからない強烈な痺れが全身を突き抜け、亜美は言葉も出ない。

「あああっ、ひああ、いやっ！」

支えを失った上半身はのけぞったまま後ろに倒れ込む、ブリッジをするような体勢で、頭で上体を支えた亜美はひたすらに絶叫するばかりだ。

「亜美ママの、大きなおっぱいも、すごく弾んでるよ」

左腕で亜美の右の太腿を抱《かか》え、右腕を伸ばしてジョゼは乳房を摑《つか》んできた。

そしてそのまま、腰を激しくピストンしはじめた。

「あっ、ああっ、いやっ、突かないで！　あっ、ああっ、だめぇぇ、ああ！」

驚くほど深く食い込んだ肉棒が、さらにズンズンと突きあげてくる。

子宮を揺らされているような感覚とともに、とんでもない快感が突き抜けていく。

「ああっ、だめえ、ああん、あああ！」

もう色っぽい声を抑えることもできず、亜美は小さな唇を割り開いたまま、背筋を伸ばすことすらできない。

(こんなに深いのなんて……ああ……だめ……)

夫の肉棒では、けっして届かなかった場所。さらにジョゼの亀頭は硬さもすごくて、張り出したエラが膣肉を強く抉《えぐ》る。

もうみぞおちの辺りまで、肉棒が突きあがっているような感覚だ。

「いやあ、ああっ、私……ああっ、だめえ、ああ！」

そして亜美の心を蝕《むしば》むのは、自分が経験した覚えがないくらいの快感に、全身を痺れさせていることだ。

なんとか自我を保たなければと思いながらも、意志の力ではどうにもならなかった。

「亜美ママ、すごくエッチだよ、ふふ」

何度ものけぞる亜美の腰を両手で摑むと、ジョゼはピストンの速度をあげてきた。

血管が浮かんだ黒い肉竿が激しく前後し、張り出したエラが狭い媚肉を搔《か》き回す。

「くうん、ああっ、いや、だめっ、あああ！」

胸板の上で、小柄な身体には不似合いな熟乳が波を打って躍る。

色素が薄い乳首ももう完全に硬化していて、空気を掻き回すだけでも甘い痺れがわきあがっていた。

「亜美ママの中も、すごく吸いついてくるよ」

心とは逆の反応を見せている亜美の濡れた膣内を、ジョゼの肉棒は思うさま責めつづける。

勢いをつけたかと思えばスローにしたり、腰を回して亀頭で奥を掻き混ぜたりと、単調なピストンだけではなかった。

（この子、本当にセックスに慣れてる……ああ……私は……）

この年齢の少年が、複数の女性と関係を持ったなどにわかには信じがたかったが、女の快感を煽《あお》りたてる怒張の動きは熟練している。

夫一人しか知らないまま熟してしまった亜美の三十五歳の身体は、ただひたすらに燃えあがっていく。

「だめええ、あああん！　ああああっ、はああん！」

不規則な肉棒の動きで浅突きと深突きを繰り返されると、強くそれを自覚する。

とくに浅くされたときに、まるで肉棒を求めるように無意識に腰が動くのだ。

「ああっ、いやっ、いやいや！　ああっ、あああ！」

無理やりにされているも同然なのに、悦びに浸《ひた》る自分が亜美は信じられない。

ただ快感は、やけにはっきりとしている。それは、夫の肉棒に与えられるレベルを遥かに上回っていた。

「おお、亜美ママの中、すごく締めてきたよ。もっと、強くしてもいいかな？」

女体の燃えさかりにジョゼは敏感に気がつき、ピストンのペースをあげてきた。

「いっ、いやっ、これ以上は……はあああん、ああっ！」

蕩《とろ》けきっている膣奥に亀頭が食い込み、子宮が揺すられる。女は子宮でも感じられるのだと少年に教えられながら、亜美は頂点へと向かっていった。

「お願い、ああっ、緩《ゆる》くして……ああっ、あああっ！」

夫とのセックスで、うっすらとは感じたことがある女の極《きわ》み。愛する人が相手であってもあまり見られたくない乱れた姿を、目の前の少年に晒そうとしている。

しかもその強さは、まるで比べものにならない。

「だめだよ、もう止まらない！」

汗に濡れた頭を何度も横に振って訴えるが、怒張のピストンはさらに早くなる。

野太い竿がぱっくりと開いたピンクの膣口を出入りし、そのたびに愛液が掻き出されてソファを濡らしていた。

「ああっ、だめえ！　あああっ、はあああん、ああっ！」

押し寄せる快感には逆らいようがなく、亜美は白い身体をのけぞらせて絶叫した。

大きなエクスタシーの波に飲み込まれ、開かれた両脚がビクビクと痙攣した。

「はっ、はあああん！　ああっ、いやあ……ああ……あああ」

何度も身体が波打ち、それが乳房にも伝わってブルブルと揺れる。

以前のようなぼんやりとしたものではなく、自分がはっきりと女の極みに達したことを自覚していた。

(私……息子の友だちに、イカされた……)

その相手が少年であることにも、亜美は呆然としていた。絶対に感じてはならないと誓ったはずなのに。

「ふふ、亜美ママ、僕のチ×チンでエクスタシーしたね。あ、日本じゃ、イクって言うんでしょ？」

少し息を弾ませながら、ジョゼは白い歯を見せた。

この歳で自分が感じることよりも、女をよがらせることに悦びを得ているところが、そら恐ろしい。

「ち、違うわ、イッてなんか……」

ただ亜美は、それを認めることはできなかった。顔はもう真っ赤で、下腹の辺りがいまだ震えていても否定したかった。

「そうなの？　ふふ、じゃあ、亜美ママが、イッてくれるまで頑張るよ、僕」

意味ありげな笑みを、ジョゼは浮かべた。亜美が絶頂に達したことなどわかったうえで、話を合わせている。

それはもちろん気を遣ったのではない。さらに亜美を責めるためだ。

「あっ、ちょっと、もう動かないで……あっ、あああ！」

亜美の肉感的な白い太腿を、しっかりと摑んだ褐色の少年は、再び腰を大きく使いだす。

まだジーンと痺れている感じのする媚肉を、傘が開いた亀頭が強く抉った。

「だって亜美ママは、まだ満足してないでしょ？　女性にそんな失礼なこと、できないよ」

ジョゼは強く太腿を抱き寄せながら、膣奥を集中的に突きあげてきた。

「あああっ、イッた！　ああ、イッたから……ああ、許してえ、あああ！」

もう恥もなにもかもを捨て、亜美はなりふりかまわずに叫んでいた。

絶頂直後の媚肉はさらに敏感さを増していて、あっという間に快感に全身が痺れ落ちていった。

「あああっ、はあああん！　いまは、ああっ、だめええ、あああん！」

ピンクに染まった熟乳を波打たせ、亜美は絶叫するばかりだ。

自分でも驚くくらいに肉体が燃えあがり、もうなにかを考えているのもつらい。

「こういう体位は、どうだい？　亜美ママ」

絶頂を認めても、ジョゼは責めの手を緩めない。亜美の左脚だけを大きく持ちあげ、横に回してきた。

「ひっ、ひあああああ！」

仰向けだった身体が半回転し、亜美はソファに横寝の体勢となった。

肉棒は挿入されたままだったので、身体を回した瞬間に亀頭がぐりっと食い込み、亜美は言葉にならない悲鳴をあげた。

「このほうが、入っているところが、よく見えるよ。僕も興奮してきた！」

横寝で左脚だけをジョゼに持ちあげられている亜美の股間は大きく開かれていて、漆黒の陰毛の奥でぱっくりと口を開いて怒張を飲み込む膣口も丸出しした。

「ひああ、ああっ、これだめ、ああっ！」

ただ亜美のほうは、もう恥じらっている余裕すらなかった。

（お腹の裏側を、引っ掻かれてる……）

ジョゼの逸物は亀頭がかなり張り出しているので、この角度の挿入だとエラが膣の天井側を強く擦《さす》っている。

夫との行為では絶対にありえない深さと、肉の傘のえぐり込み。亜美の熟した膣肉は、一気に快感に痺れ落ちていた。

「あああっ、だめっ……ああっ、またイク、ああっ！」

そして亜美は、二度目の絶頂へと向かっていく。今度はもう自分が頂点にのぼりつめようとしていることを、はっきりと自覚して言葉にしていた。

「イッてよ、亜美ママ、イキ顔を見せて！」

ジョゼも声をうわずらせて、亜美の顔を覗きながら一気にピストンを速くする。

二人の肉がぶつかる音がリビングに響き、横向きの亜美の身体の前で白い乳房が激しく揺れた。

「ああっ、イク、イクうううう！」

夫との行為でも、こんなにはしたない言葉を吐いたことはない。自分がそれを息子の部屋にまで聞こえそうなボリューム叫んでいることに驚きながら、亜美は二度目の頂点を極めた。

「ああっ、ああっ、はああん！　だめっ、ああ！」

もう意識が途切れ途切れになる状態で、亜美は小柄な白い身体を震わせつづける。真上に持ちあげれられた、肉づきのいい脚が何度も痙攣する。

（なにこれ、止まらない……）

二回目のエクスタシーは、最初よりも深くそして長い。全身が歓喜している感覚で、亜美は戸惑いつづけていた。

「おお、僕も出るよ、くううう！」

長い時間、エクスタシーに飲み込まれている亜美の身体を、休まずに突きつづけるジョゼが歯を食いしばった。

「えっ、ちょっと待って！　このままはだめ、あっ、いやっ！」

頭の芯まで痺れている感覚の亜美だったが、彼の言葉にはっとなって目を見開いた。よく考えたら避妊具はつけていない。このまま中で暴発したら、とんでないことになってしまう。

「もう無理、止まらない、中で出しちゃうよ、おおおお！」

暴走状態のジョゼの耳には亜美の絶叫も届いていないのか、そのまま力の限りに怒張が激しくピストンされる。

「いっ、いやっ、それだけはだめっ！　あああっ、抜いて、あああっ！」

横寝の身体を懸命に起こそうとする亜美だったが、指の先まで痺れていて力がまったく入らない。

しかもこんな危機的な状況だというのに、また膣肉が快感をまき散らしていた。

「ああっ、いやああ、ああっ、あああっ！」

自分の肉体の淫らさが悲しくて、亜美はソファを摑むがそれが精一杯だった。

「おおお、イク、出る！」

そしてジョゼは褐色の身体を震わせて、肉棒を亜美の最奥に押し込んだ。

次の瞬間、痺れた媚肉の中で巨根が脈動し、熱い精液が放たれた。

「ああっ、いや……ああ……あああ」

大量の粘液が、膣奥に放たれている感覚がある。妊娠の恐怖に怯《おび》えながらも動くことがかなわない亜美は、じっとそれを受け続けるしかなかった。

「ううっ、亜美ママの中、最高だよ……ううっ、気持ちいい！」

こちらは本能のなすがままに精を放ちながら、ハーフの少年は恍惚《こうこつ》とした顔を見せていた。

「あ……ああ……」

長かった射精もやがて終わると、ジョゼはゆっくりと逸物を引き抜いた。

大きく口を開いたままの膣口から白い粘液が溢れ出し、ドロリと糸を引いた。

「あ……ひどい……ひどいわ」

内腿にまで精液が滴《したた》っていくのを感じながら、亜美は涙した。夫以外の精を膣内に受け入れてしまったショックで、大きな瞳が涙に濡れていた。

（それに、私……二度も……）

望まぬ相手とのセックスで、二回も絶頂にのぼりつめてしまった。妊娠の恐怖と自分の肉体の反応への不安。亜美は、これが夢であってほしいと願った。

「まだまだ、これからが本番だよ、亜美ママ。もっと気持ちよくして、パパさんを忘れさせてあげるね」

変な発音で恐ろしい言葉を言ったジョゼは、亜美の肉づきがいい太腿を持ちあげ、仰向けにさせてきた。

「えっ、いやっ、これからって、そんな！」

まったく想像もしていなかったジョゼの行動に、亜美は狼狽した。互いに絶頂にのぼりつめ、彼は精を放った。

続きとは、いったいどういう意味なのか？　亜美は思考が追いつかない。

「ひっ、うっ、嘘!?」

射精したばかりでどうやってセックスをしようというのかと、亜美は筋肉質のジョゼの身体に目をやった。

その股間では、挿入前と同様に猛々《たけだけ》しく反り返った逸物が、二人の淫液にヌラヌラと輝きながらその威容《いよう》を見せつけていた。

(どうして……さっき射精したはずなのに)

亜美よりも年上の夫の肉棒は、行為が終わるとすぐに萎《な》えて力を取り戻すようなことはない。

なのにジョゼの逸物は、まるで射精がなかったかのように勃起している。この光景が、亜美にはとても現実とは思えなかった。

「さあ、いくよ！」

褐色の少年の牡としての強さに、呆然となる亜美の両脚の間に腰を入れ、ジョゼは怒張を再び押し出してきた。

「ひっ、いやっ、もう入れないで……あっ、あああ！」

先ほどと熱さも変わらない亀頭を膣口に感じて亜美は声を張りあげるが、肉棒は一気に突き立てられる。

まだ余韻《よいん》が残っている感じの熟した膣道はあっさりと開き、深々と太く逞《たくま》しいモノを受け入れた。

「あああっ、お願い……あああん、あああっ！」

子宮口をお腹の中まで押しあげられるような感覚と同時に、甘く激しい痺れが全身を突き抜ける。

ソファに仰向けにした身体の上で、たわわなバストを波打たせ、亜美は唇を割って喘いだ。

「亜美ママの中、すごく僕の、締めてくるよ！」

もう快感に喘ぐのみの美熟女を見て、ジョゼは膣肉に肉棒を馴染ませる必要もないと感じたのか、一気に激しいピストンを始めた。

「あっ、いやっ、あああん！　ああっ、そんなに突かないで、ああっ、あああっ！」

あっという間に呼吸が苦しくなり、亜美はなすすべもなくよがり泣く。

ただもう痛みや苦しさはなく、ただ身も心も痺れるような快感があるのみだ。

（ああ……尚ちゃん、ごめんなさい……）

悦楽と混乱のなかで、亜美は息子の尚太のことを思った。

自分の友だちに犯されて、よがり狂う母を見たらどう思うだろうか。ただそれが、気がかりだ。

「おお、亜美ママ、奥からジュースがたくさん出てきたよ。気持ちいいんだね！」

心とは裏腹に肉体のほうは見事に燃えあがっていて、膣も子宮も熱く蕩けていく。

ジョゼもそれを感じ取り、亜美の上に覆いかぶさるようにして腰を振りたてた。

「ああぁっ、それだめえ！　ああっ、ひあああっ！」

白い亜美の身体と褐色のジョゼの肉体が、ソファの上で重なりあう。

彼の顔が頬のそばにきて荒い息づかいが感じられるなか、亜美はさらにスピードを増したピストンによがり泣く。

「亜美ママ、すごくエッチな顔だよ、僕がさせてるんだね、エッチなママに！」

「あああっ、いやああ！　見ないでええ、あああっ！」

耳元でそう囁かれると、なんだか息子に言われているような気持ちになる。

絶対に喘ぎ顔など見せてはならないという思いはあるのに、快感がさらに加速していく。

「ああ、亜美ママ、最高だよ！　僕がしたなかで、一番の女だ！」

よがり泣く亜美に覆いかぶさり、引き締まった筋肉のお尻を上下に振りたてる。

そのスピードがまた考えられないほどに早く強く、亀頭の先端がこれでもかと膣奥を叩き、張り出したエラが横側の媚肉を抉った。

「ああっ、たまらないよ!」

まさにケダモノのように目を血走らせながら、ジョゼは亜美の最奥を突き、二人の身体の間で波打つHカップの熟乳を摑んで乳首を吸ってきた。

彼もまた肉欲に飲み込まれ、その欲望をすべて亜美にぶつけていた。

「あああ、だめえ! あああん、あああっ!」

凄《すさ》まじい勢いでピストンされる怒張が、みぞおちの辺りまで達しているような感覚のなかで、亜美はただひたすら快感に喘ぎつづける。

ただ膣道を硬く巨大な肉茎が埋めつくす感覚に、奇妙な満足感を得ていた。

「ああああっ、だめええ! あああああん、あああああっ!」

それは、女の本能なのかもしれない。それに溺れてはいけないと、亜美は心の中で繰り返す。

「亜美ママ、おおおお!」

淫らな感情を振り切ろうとする亜美を、ジョゼはさらに強く突きつづける。

仰向けでも大きさを失わない熟乳を強く摑みながら、とどめとばかりに腰を振りたてた。

「あああっ、いやっ！　またイッちゃう、あああああっ！」

愛液をまき散らしながら、高速で膣口を出入りする怒張に追いつめられ、亜美は限界を叫んだ。

大きすぎる快感で頭の芯まで痺れきり、その言葉を口にするためらいはなかった。

「イッてよ、亜美ママ！　僕も出すよ、ううううう！」

ジョゼは呼吸を詰まらせながら、休まずに自分の下にいる美熟女の股間に下半身をぶつけてきた。

「えっ、だめっ、また中は……ああっ、お願い……あああっ、あああああっ！」

再び膣内射精をされると聞いて、亜美はぼんやりとしていた瞳を見開いた。

ただもう逃げるという考えは起こらず、高速で膣内を掻き回す巨根に翻弄《ほんろう》されつづけていた。

「一回も二回も、同じだよ。くうう、イクよ、うううう！」

ジョゼは白い歯を食いしばりながら、亜美の肩を強く摑んできた。

「あっ、だめっ、あああっ、私も……あっ、イク、イクうううう！」

彼の下で小柄なのにグラマラスな白い身体をくねらせて、亜美は三度目の絶頂に達した。

どこか気怠《けだる》さのあるエクスタシーの波がわきあがり、全身がジーンと痺れた。

「ああっ、ああああっ、はううん！」

自分を押さえつけるジョゼの腕をしがみつくように握り、亜美は絶頂に身を任せた。

だらしなく開いた両脚が断続的に引き攣《つ》り、足先の指がウネウネと動いていた。

「くううう、出る！」

ジョゼも若さを暴発させて、二度目の精を放った、一度目とまったく変わらない熱く粘っこい粘液が、膣奥を満たしていく。

「あああっ、いや！　あああっ、私、あああっ！」

一度目のときよりも、亜美の身体は射精に強く反応している気がする。

この少年の恐ろしく巨大な肉棒に、自分の身体が奪われているような悲しい思いを抱きながら、亜美は止まらない絶頂に喘ぎつづけた。

第二章　巨根を操る褐色の少年

「じゃあ、いってくるよ」

朝、学校に登校する尚太を、母の亜美が玄関まで見送りに来ていた。

翻訳《ほんやく》の仕事をフリーでしている母は自宅で仕事なので、こうして毎朝、息子を送るのが習慣だ。

「尚ちゃん」

靴紐を締めていた尚太が立ちあがると、玄関をあがったところの廊下に立っていた母が腕にしがみついてきた。

「えっ、ちょっと、どうしたの？」

いつものように、地味目のセーターとスカート。そんな服装でもかなり目立つ豊乳が尚太の腕で押しつぶされるくらいに、母は強く息子の腕を抱きしめている。

「な、なに、は、離して！」

乳房の柔らかい感触に、尚太はつい母の手を振りほどいてしまう。思春期のせいなのか、スキンシップの多い母にはかなり抵抗があった。

「ご、ごめん……」

母は少し寂しげに下を向いた。その顔を見て、尚太はしまったと思った。父のことで母の心は傷ついているのだ。

「大丈夫、母さん？」

「う、うん、なんでもないの……ほら、遅刻しちゃうわよ」

すぐに笑顔になった母だが、その顔もどこか暗い。

「じゃ、じゃあ、言ってくるよ」

母にもっと声をかけるべきかとも思ったが、尚太はどこか素直になれず、そのまま玄関を出て学校に向かった。

「ふふ、亜美ママ、買うとき、すごく恥ずかしそうにしてたよね」

あの悪夢のような一夜から三日経った日の夕方、亜美はジョゼを自宅のリビングに迎え入れていた。

いまの時間、息子の尚太は卓球部の部活に参加している。スポーツが苦手なのを克服するために頑張っている。

逆にジョゼはスポーツ万能らしいが、特定のクラブには参加せずにサッカー部などの試合の際にだけ、助っ人として呼ばれるそうだ。

「し、死ぬほど、恥ずかしかったわよ……」

いつものように地味なロングスカート姿の亜美は、ソファにどっかりと座るジョゼから少し離れた場所に立って顔をしかめていた。

先ほど、駅前の薬局で男性用の避妊具を購入させられた。店内に置かれている中で一番大きなサイズのものを選んでレジに持っていくと、男性の店員が驚いた顔で亜美を見たあと意味ありげな表情になった。

こんな小柄な女が、どれだけ大きなモノを持つ男とセックスするのだろうと、妄想していたのかもしれない。

「だって僕、中学生だし。服はこれだし」

ジョゼは自分の学生服の襟を引っ張って笑った。彼は亜美が顔を真っ赤にしてコンドームを買う様子を、同じ店内で見ていたのだ。

「子供だというのなら、動画で人を脅すようなことはやめなさい」

もちろんだが、亜美が自分を犯した相手を再び家に呼び入れているのには理由があった。

ジョゼはこっそりと小型カメラを置いて、亜美の痴態を撮影していたのだ。

スマホに自分がイキ果てる姿が送られてきたときには、恐怖に全身の力が抜けた。

「ちゃんと消すよ。亜美ママが、僕とのセックスを、いっしょに楽しんでくれるようになったらね」

まったく悪びれる様子もなく、ジョゼはニヤニヤと笑っている。本当に息子と同じ歳なのかと疑いたくなるくらいの狡猾《こうかつ》さだ。

「それなら私は、ずっとあなたの言いなりじゃない！」

性格は明るいが気は弱いほうの亜美だが、さすがに眉を吊りあげて叫んだ。

息子の友だちに犯され、しかも膣内射精までされた。これからのことを考えると、亜美は恐怖と屈辱に涙が溢れてきた。

そんな亜美に、ジョゼは動画を楯《たて》にさらなる行為を迫ってきた。もちろん拒絶したい亜美だったが、尚太が傷つくことを思うとそれもできず、避妊を条件に受け入れる決意をしたのだ。

「大丈夫だよ、亜美ママが、僕とのセックスを楽しめなかったら、諦めるよ」

唇まで震わせる亜美に対し、この少年はやけに軽い調子だ。もともとセックスというものを、スポーツのように考えているのかもしれない。

「それを、誰が決めるというの？」

楽しむなどという曖昧な基準で言われて、了承できるはずもない。

こんなことは、一日でも早く終わらせたい。もし尚太にばれたらと思うと、生きた心地がしなかった。

「ふふ、そんなの、二人の気持ち次第さ」

相変わらずの少し変な日本語で言ったジョゼは、ソファから勢いよく立ちあがって亜美のそばにやってきた。

「いっ、いやっ！」

早速リビングで始めようとするジョゼから逃げようと、亜美は身体をねじる。

「だめだよ、亜美ママ。僕だってちゃんと約束守って、コンドーム着けるんだから。逃げるのは、卑怯でしょ」

背中を向けたまま、リビングの壁際まで逃げた亜美の後ろに制服姿の身体を密着させて、ジョゼは囁いてきた。

「卑怯なのは、ジョゼくん、あなたよ」

白い壁紙に、亜美は両手をついている。その腰に太い腕を回してきた少年に、亜美はかすれ声ながらも訴えた。

映像で人を脅すようなことをしておいて、人を卑怯者呼ばわりとは許せない。

「ふふ、確かにそうだね。でも僕は、亜美ママのことが、大好きなんだよ」

怒りに震えている亜美に対し、ジョゼはあくまで軽い調子で言うと、ほどよく締まっているウエストを強く抱きしめてきた。

「あっ、いやっ！」

強い力で下半身を引き寄せられ、壁に両手をついたまま、亜美は立ちバックの体勢をとらされた。

上半身が少し弓なりになり、ロングスカートに包まれたヒップが突き出される。

「この前は、このお尻を、ちゃんと見られなかったからね」

ジョゼはスカートの生地越しに、亜美の熟れた桃尻を撫でてきた。この前は、ソファにずっと横たわったままの行為だったからという意味だろう。

楽しげに顔をほころばせながら、乳房に負けないくらいに大きく実っているヒップを、軽く摑んだりしている。

「ああ、いや……したいのなら、早くして」

じっくりと、自分の身体を堪能《たんのう》しようというようなジョゼの手の動きに、亜美は屈辱にまみれた顔を後ろに向けた。

動画で脅されている以上、彼に犯されるのが避けられないのなら、少しでも早く終わってほしいという思いだった。

「そんなふうに言っちゃ、だめだよ。二人の愛を、確かめあう時間なんだから」

とても子供とは思えないような言葉を口にしながら、ジョゼは立ちあがり、今度は亜美の上半身に手を伸ばしてきた。

「愛なんか、なにも知らないくせに……あっ、きゃあ！」

中学生がなにを言うのかと反論しようとしたとき、ジョゼの手が亜美の上半身を包んでいる薄手のセーターをまくりあげた。

薄いピンクのブラジャーが丸出しになり、亜美は悲鳴を響かせた。

「そんなことないよ。亜美ママ、すごく愛してるよ」

腰を曲げた亜美の背中に自分の胸を覆いかぶせながら、ジョゼは囁いてくる。

「そ、そんな言葉、まだ早い……いやっ！」

耳元で響くその声に、亜美はドキリとしてしまった。夫に愛の言葉を言われたのはいつのことだったたか。

ずいぶんと久しぶりの響きに驚いている間に、ブラジャーがぺろりとめくられ、Hカップの熟乳がこぼれ出た。

「あっ、いやっ、だめっ、あっ、ああ」

褐色の手を伸ばしてきたジョゼは、抜けるように白い肌の熟乳をじっくりと揉み、色素が薄い乳首をこね回してきた。

腰を振って抵抗しながらも、亜美は艶のある声を漏らしてしまう。

(いや……敏感になってる)

はっきりと自覚できるほど、亜美の肉体は鋭敏《えいびん》になっている。それも息子の友だちの手で目覚めさせられていると思うと、恐ろしくてたまらない。

「あっ、お願い、あっ、ああ、はうっ」

だがHカップのバストを揉まれ、執拗《しつよう》に乳首をこね回されると、背中が勝手に反り返ってしまう。

膝から力が抜け、頭を壁に押し付けるようにして身体を支えている有様だ。

「さあ、お尻も見せてね」

ジョゼは亜美の抵抗が静かになっているのを見て、乳房から手を離し、突き出された下半身の前に膝をつく。

そして、膝の下まであるスカートを豪快に持ちあげた。

「あっ、いやっ、これ以上は、あっ！」

ブラジャーとお揃いの、ピンクのパンティに包まれた桃尻が丸出しとなった。

量感のある柔らかい尻肉が、パンティの縁《ふち》からいびつに形をかえてはみ出している。

「いまさら、恥ずかしがることないよ。それにしても、素晴らしいお尻だね」

楽しげに声をあげて、ジョゼはそのパンティを一気に膝まで引き下げた。

「あああっ、いやあああああ！」

艶やかな丸尻が丸出しとなり、自分の女の部分に冷たい風を感じた亜美は、切り裂くような悲鳴をあげた。

「おやあ、もうエッチな匂いがしてますよ、亜美ママ」

後ろから亜美の肉唇を覗き込んで、ジョゼがはしゃぎだす。

「い、いやっ、嗅がないで……」

九十度に折った腰を力なく揺すって、亜美は訴える。否定する気持ちにならなかったのは、媚肉が開かれるのと同時に牝の香りが自分の鼻にも届いていたからだ。

「ジュースも、たくさん出ているよ」

もとより亜美の要求など聞く気持ちなどないジョゼは、さらに顔をそこに近づけ、舌を這わせてきた。

「あっ、いやっ、舐めちゃだめ……あっ、あああっ！」

前にも彼に媚肉を舐め回されたが、今日はアルコールが入っていない分、感触が生々しい。

舌のざらついた部分が肉唇や膣口をなぞり、さらにはクリトリスまで転がしてきた。

「あっ、あああっ、それだめ、ああっ、はうっ！」

女の敏感な場所を刺激されると、亜美はなすすべもなく甘い声をあげて、立ちバックの体勢の身体をくねらせる。

腰を折った身体の下で、ブラがずらされた熟乳を釣り鐘のように揺らして、よがり泣いていた。

（どうして……ここまで……）

息子と同い年の子供の思うさまに、三十五歳の自分が感じさせられている。

まるで身体が自分以外のなにかに支配されていくような感覚に、亜美は涙が溢れてきた。

「んんんん……んく……んんんん」

ジョゼのほうは、強い反応を見せる美熟女にさらに気をよくしていて、舌を大きく横に動かしてピンクの突起を転がしてきた。

「あああっ、いやっ、ひあああっ！　だめっ、もうだめ、あああっ！」

鋭敏な部分を弾くように舐められ、亜美は背中をのけぞらせて息を詰まらせる。

そしてもう脚に力が入らなくなって、その場にへなへなと膝をついた。

「ごめんね、亜美ママ。気持ちよくさせすぎちゃった」

「そんな……」

ジョゼの言葉に、反論する気持ちももう出てこなかった。実際に亜美は、快感によって立っていられなくなったのだ。

「僕ももう、たまらないよ」

制服の股間を擦りながら、ジョゼは息を荒くしている。黒い生地のズボンには、彼の巨根の形がはっきりと浮かんでいた。

「お願い……ここは、いや……」

リビングの床に横座りのまま、たわわな乳房を露出している亜美は、悲しげな口調でそう言った。

息子との生活の場でもあるここで、セックスをするのはもういやだった。

「じゃあ、ベッドルームに行く？　亜美ママと、パパさんの」

だからといって、夫婦の寝室で他の男と行為をするのに抵抗がないわけではない。

ただ他に場所がない以上は仕方がないと、亜美は力なく頷いた。


「んん……んく……んんんん」

寝室に場所を移したあと、亜美はベッドに脚を伸ばして座るジョゼの前で身体を折り、巨大な逸物に口で奉仕をしていた。

コンドームはちゃんと着けるから、生でフェラチオをしてくれと彼に要求されたからだ。

「亜美ママの舌、とっても気持ちいいよ。ううう」

あまり性生活がなかったとはいえ、これでもいちおうは人妻だから、フェラチオの経験くらいはある。

もちろん、自分にテクニックがあるなどと思ってはいない亜美は、懸命に竿や亀頭に舌を走らせていた。

「んく……んんんん……いやっ、動かさないで」

亀頭の先端をひとしきり舐めたあと、裏筋を舌のざらついた部分で擦ると、ジョゼの腰が跳ねて、肉棒が大きく揺れた。

それが頬にあたり、亜美は顔をぶたれたかたちになってびっくりした。

「おお、ごめんなさい、すごくエッチに舐めるから、反応しちゃったよ」

彫りの深い褐色の顔を蕩けさせて、ジョゼは息を荒くしている。自分をさんざん翻弄した肉棒が、ビクビクと震える様子を見ていると変な気持ちだ。

(それにしても、なんて大きくて硬いの……)

間近で見つめるジョゼの巨根に、亜美はあらためて驚愕していた。血管が浮かんだ竿は太くて長く、亀頭は亜美の小さな手とさほどかわらないくらいに思えた。

(あの人とは、本当になにもかも違う……)

同じ人間という生物のモノなのかと思うくらいに、ジョゼの逸物は巨大で逞しい。

いつしか亜美はそれに魅入られるように、舌を懸命に這わせていた。

「ねえ、亜美ママ、そろそろしゃぶってよ」

熱がこもってきた亜美の舐めあげに息を荒くしているジョゼが、目をギラつかせて要求してきた。

「こ、こんなに大きいの、入らないわ」

小柄な身体と同じように、亜美は唇も小さめだ。そこにこんな巨大な亀頭が入るとは、とても思えなかった。

無理だと言った亜美を、ジョゼはなにも言わず悲しげな顔でじっと見つめてきた。

「そんな目で、見ないで……」

大人顔負けの体格を誇るジョゼだが、心はまだ子供なのだ。息子と同い年の少年の潤んだ目を見ていると、亜美はつい仕方ないという気持ちになってしまった。

（どうせ、しないと終わらないから……）

自分に言い聞かせるように、心の中で呟《つぶや》いた亜美は亀頭の前で唇を開いた。

「む……んんんん」

わかってはいたが、あまりの巨大さに顎が裂けそうになる。それでもどうにか堪《こら》えて、亜美は拳《こぶし》大の亀頭を口内に呑み込んでいった。

「ああ……亜美ママ、温かいよ」

両脚を伸ばして座る褐色の少年は、顔を緩ませて天井を見あげた。

そんな彼の前で白い身体を丸めている亜美は、さらに奥へと亀頭を呑み込んでいく。

「くううう、んんん……んく」

エラが張り出した一番太い部分が唇を通過するときは、両端がピリリと痛んだ。

それでも懸命に呑み込み、亜美はゆっくりと吸いはじめる。

「はうっ、気持ちいいよ、ううっ」

口腔の粘膜で亀頭を擦り出すと、ジョゼは腰を震わせて喘ぎだす。

「んんん……くううん、んくうう」

亜美のほうは完全に口内を野太い怒張で塞がれ、呼吸もままならない。

ただそれでも頭を動かして、硬い逸物をしゃぶりあげていく。

「んん、んん、んく、んんんんん」

顎もつらいし、酸素不足で頭がくらくらしてきている。ただ亜美はなぜか肉棒を吐き出そうとは思えなかった。

（ああ……太い……）

目を虚ろに潤ませながら亜美は黒髪を揺らし、さらに奥へと怒張を呑み込んでいく。

巨大な肉の棒に、自分が串刺しにされているかのような不思議な感覚だ。

「んんんん……んん……んく、んうん」

鼻を鳴らして懸命に呼吸をしながら、亜美は喉奥に亀頭が当たる苦しささえ受け入れ、丸めた身体も使ってジョゼの巨根を懸命にしゃぶりつづける。

逞しい肉棒に支配されたいという、女の本能が刺激されているのだろうか。なにか、心の奥が満たされる思いだった。

「ああ、亜美ママ、くううう」

激しいフェラチオに、ジョゼは声をあげている。そんな彼の顔を見ていると亜美はさらに心を燃やすのだ。

「んんん、んく、んんんんん、んふうう」

肉棒にすべてを捧げるように、亜美は大きく頭を振りはじめた。自分でもどうしてこんなに夢中になっているのかと思うが、動きを止める気持ちにはならなかった。

「待って、気持ちよくてたまらないけど、このまま出しちゃ、もったいないよ」

喉奥で肉棒が脈打ちだしたとき、ジョゼは亜美の頭を大きな両手で包み込むようにして、フェラチオを止めてきた。

「んんん……あふ……あああ……」

巨大な肉棒が、ゆっくりと引き抜かれていく。亜美の唇と亀頭との間で唾液が淫靡に糸を引いた。

顎が解放され呼吸も楽になったはずなのに、亜美の心にはなぜか寂しいという感情がわきあがっていた。

「亜美ママにも、気持ちよくなってもらわないとね」

「そんな、私は……」

ジョゼの言葉に、亜美は身体を丸めたまま目を伏《ふ》せた。夢中で肉棒をしゃぶっていた自分が、いまさらながらに恥ずかしかった。

「ふふ、そんな、つれないこと言わないでよ。お互いに、気持ちよくなれば、いいじゃん」

日本語はまだまだちゃんとしていない彼の言葉は、やけに軽く聞こえるときが多い。まるで亜美も、セックスを楽しんでいるかのように言われるのがつらかった。

「ねえ、亜美ママが着けてよ」

黙り込む亜美の前に、ジョゼはコンドームの袋を出してきた。

「えっ、私が？」

「だって、亜美ママが、着けろって言ったんだから」

夫との行為の際に避妊をすることもあったが、彼自身が装着していた。コンドームを手に握らされても、封を開けることすらできずにいた。

「あまり、時間ないんでしょ？　亜美ママ」

ジョゼに言われて、亜美ははっとなって時計を見た。あと一時間もすれば、尚太が部活を終えて帰宅する時間だ。

「わ、わかったわ……そのかわり、早く終わらせて」

万が一にも、息子にこんなことをしているところを見られるわけにいかない。

心の中でそう繰り返しながら、亜美は袋の中からゴムのコンドームを取り出し、目の前で猛々しく反り返ったままの黒い巨根に被せていく。

（ああ……あらためて見ても、大きい……）

店で一番大きなコンドームでも、ジョゼの逸物に嵌《は》めるとゴムがはち切れそうだ。

それをなんとか引っ張って被せながら、亜美は目の前の肉棒の凶悪さに身震いした。

（またこれが、身体の中に入ってくるんだ……）

先ほど口内に杭のように打ち込まれていた肉茎が、今度は媚肉を埋めつくす。

それを恐ろしいと思う亜美だったが、なぜか同時に膣奥がずきりと疼《うず》く。

（い、いや……）

それは明らかに、性の昂《たかぶ》りだ。自分の肉体は、この巨大な逸物を求めて燃えあがっているというのか。

自分自身の身体が、どんどん心から離れて暴走していくのが怖かった。

「どうしたの？　そんなに引っ張ったら、破れちゃうよ」

怒張が長すぎて、コンドームが竿の半ばまでしかいっていない。心ここにあらずの状態の亜美は、それを引っ張りつづけていた。

「な、なんでもないわ……」

亜美ははっとなって、肉棒から手を離した。身体の燃えあがりを、ジョゼに悟《さと》られるわけにはいかない。

「ここまで被れば、充分だよ。さあ、いくよ」

ジョゼはそう言うと、亜美の腰の辺りに手を回して身体の体勢を変えさせてきた。

「あっ、なにを、いや、こんな格好！」

早く終わらせなければという思いもあるので、亜美はジョゼにされるがままにベッドに四つん這いになる。

熟れた桃尻が彼のほうを向いていて、すべてが丸出しになっているのが恥ずかしい。

「今日は、亜美ママのお尻を、たっぷり堪能するって決めたんだ」

亜美の弱々しい拒否など、暴走する少年の耳には届かない。

膝立ちになったジョゼは、たっぷりと肉が乗った尻たぶを両手で鷲摑みにして固定し、挿入を開始した。

「あっ、あああっ、だめっ、あっ、ああっ！」

褐色の太い指が抜けるように白い尻肉に食い込み、ピンクの膣口を野太い亀頭が押し拡げた。

「ああっ、いやっ、あっ、くうん！」

巨大な亀頭の強い圧力に、亜美は四つん這いの背中を大きくのけぞらせた。

ただ圧迫感は前回ほどではなく、すぐに和らいでいく。

「亜美ママの中、すごく、ヒクついてるよ」

「いっ、いや、言わないで……あっ、あああん！」

肉体が反応していることを否定したいが、喉奥をついてあがってくる喘ぎに遮《さえぎ》られてしまう。

張り出したエラが濡れた膣壁を擦るたびに、腰骨がガクガクと震えるくらいの快感が走っていた。

「ほら、もう奥まで入る」

最初のときは、じっくりと馴染ませるように挿入してきたジョゼだったが、今日は一気に怒張を押し込んできた。

「あっ、あああっ、いやあ！　あああああん、はあああん！」

いけないと思いつつも、亜美は見事なくらいに喘いでしまう。

犬のポーズで身体をのけぞらせ、Hカップのバストを弾ませて、悲鳴のような声を夫婦のベッドの上で響かせた。

「お尻の感触もいいよ、最高だね」

豊満な尻たぶを嬉々《きき》として揉みながら、ジョゼはリズムよく腰を使いだした。

血管が浮かんだ肉竿が、ぱっくりと開いたピンクの肉唇の間を激しく出入りする。

「あっ、あああっ、いやっ、はあん、ああっ！」

感じることに抵抗を持ちつつも、亜美はもうどうしようもなく喘ぎつづけていた。

四つん這いの手脚はあっという間に痺れきって、身体を支えているのもつらい。

(ああ……すごく、奥まで……)

怒張は膣内を埋めつくし、さらに奥の子宮口や子宮まで翻弄してくる。

すると先ほどフェラチオの際に感じた、自分のすべてを支配されているような感覚に亜美は陥るのだ。

「あああっ、だめええ！　ああん、あああっ、奥ばかり、あああああっ！」

もう下腹のほうまで肉棒で突かれている感覚のなかで、亜美は満たされていくような思いに囚《とら》われる。

夫のこともあって寂しかったのか、それとも女の身体や心はそういうふうになっているのか、この太い怒張に身を任せたいという禁断の感情がわくのだ。

「あああっ、いやあああ、あああん、あああっ！」

もちろんいまは、そうなってはいけないという思いが勝《まさ》っているが、このままジョゼの激しく濃厚なセックスに翻弄されつづけたらどうなるのかと不安になった。

（いや……私……そんな女じゃない……尚ちゃんだっているのよ）

母として、息子の友人とのセックスに溺れるなど許されないと、亜美は自分に言い聞かせるのだ。

「うおおお、もう腰が止まらないよ！」

そんな亜美の膣奥に向かい、ジョゼはさらに高速で亀頭をぶつけてきた。

「あああっ、激しい！　あああっ、だめっ、あああっ、あああっ！」

亜美はあっという間に脳まで痺れきり、指の先まで快感に呑み込まれていく。

身体の下でHカップの熟乳が激しく躍り、ジョゼの腰がぶつかるヒップからは乾いた音があがっていた。

「あああっ、だめえ、もうイッちゃう！　ああっ、はあああん！」

そして亜美は、女の極みへと向かっていく。もう限界を叫ぶことにも抵抗をなくし、押し寄せる快感に飲み込まれた。

「ひああああ、イク、イクうううううう！」

自分でも信じられないような歓喜の声をあげて、亜美は四つん這いの白い身体を痙攣させた。

「あっ、ああっ、やっ、あっ、あああああっ！」

シーツをギュッと握り、亜美は全身が砕けるようなエクスタシーに翻弄される。

女の身体というのは、どこまで感じるようにできているのか。亜美は、それが恐ろしくてたまらなかった。

「あっ、はあん……あ……ああ……」

やがて発作が収まると、亜美はがっくりと頭を下に落とした。ジョゼに腰を支えられてなんとか四つん這いの体勢は保っているものの、もう全身に力が入らない。

「亜美ママ、すごく、エロかったよ」

腰の動きを止めたジョゼは、満足そうに笑っている。女慣れしている彼は、亜美の肉体が回を重ねるごとに淫らさを増していることに気がついているのかもしれない。

「さあ、続きだよ」

背後から亜美の量感のあるヒップを撫でながら、ジョゼは恐ろしい言葉を口にした。

「ま、待って、ジョゼくん。少し休ませて……」

音が聞こえそうなくらいに心臓の鼓動が早くなっていて、まだ息苦しい。

こんな状態でさらなる突きあげを受けたら、死んでしまうと亜美は思った。なにより、イッたばかりの媚肉が恐ろしいくらいに敏感になっている。

「僕は、まだイッてないよ。時間がないんでしょ、早く終わらせないと」

ジョゼの言葉に、亜美はまた寝室の時計を見た。尚太が帰宅する時間まで、あと三十分ほどしかない。

「ああ……お願い……次でちゃんと出して」

もう諦めるしかないと、亜美は小さな声で言って顔を前に向けた。

まだ手脚がジーンと痺れいている感じだが、息子が帰るまで絶対に終わらせなければならない。

「オッケー、努力しますよ。でも、楽しみたいなあ、なるべく長く」

変なイントネーションで恐ろしいことを口にしたジョゼは、亜美の腰を抱えてきた。

「お願いだから、早く終わらせて……あっ、いやっ！」

褐色の太い腕で抱き寄せられ、小柄な亜美の身体が軽々と浮かんだ。

彼はそのままベッドに尻もちをつき、亜美を自分に膝の上に抱えようとしてきた。

「じゃあ、亜美ママも、積極的にセックスしようね」

肉棒は入ったまま、体位が背面座位に変わった。

「あっ、あああっ、これだめ！　ああっ、あああああん！」

バックでしたいたときよりもさらに股間の密着度があがり、亀頭が深く膣奥に食い込んできた。

汗ばんだ背中をのけぞらせ絶叫する亜美の前で、たわわな熟乳がブルンと弾んだ。

「ああっ、はあああん！　ああっ、いやっ、あああっ！」

ジョゼはそのまま、亜美の両膝の裏側に手を入れて脚を開こうとしてきた。

快感に痺れた身体はもうほとんど力が入らないが、あまりの恥ずかしさに亜美は懸命に太腿を閉じようとする。

「僕は、相手がエッチになってくれるほど、興奮するんだよ。脚を開いてよ、亜美ママ」

最後の力を振り絞る美熟女の後ろで、褐色の少年が囁いてきた。

（いや……でも……早く終わらせないと……）

こうしているうちにも、尚太が帰ってくるかもしれない。そう思って力を抜くと、一気に両脚が引き裂かれた。

「あああああっ、いやああ、はあああん！　これだめ、あああああんっ！」

しかもジョゼは、亜美の膝の裏を手で持ちあげていて、小柄な白い身体は開脚したまま宙《ちゅう》に浮かんでいるかたちになる。

結果、肉棒に全体重を浴びせることになり、亜美はとんでもない快感に喘いだ。

「あああっ、もう許してえ……あああっ、はああっ！」

身体を上下に揺らされ、肉棒が強く膣奥に食い込んでくる。

Hカップの熟乳が、まるで別の意思でも持ったかのように激しく弾み、上半身まで逸物の先端が届いているのではと思わせるほど、下腹が引き攣った。

「すごいよ、亜美ママの中、もうドロドロだよ！」

ジョゼも興奮気味に、亜美の身体を揺すってくる。腕力が強いのだろう、小さな亜美の身体など簡単に操《あやつ》っている。

「あああっ、あああ、おかしくなる！　あああん、あああっ！」

少年に翻弄されるがままに、亜美はひたすらによがり狂う。一度目の絶頂が強すぎてへとへとだったはずなのに、肉体はたまらないくらいに燃えていた。

「気持ちいいの？　亜美ママ」

息も絶えだえの美熟女の耳元で、少年が囁いてきた。

「いやっ、あああっ、ああああっ！」

もう意識も怪しくなってきている亜美だが、力を振り絞って首を横に振った。

妻として母親として、息子の友だちの前で快感を認めるなどできない。

「嘘でもいいから、言ってよ。僕はそのほうが、興奮するんだ」

きっと早く出せるからと、ジョゼは言いながら亜美のうなじの辺りを撫でてきた。

「あっ、ああ、いいわ、ああああっ、気持ちいい!」

彼を早く射精させるためだと自分に言い聞かせ、亜美はその言葉を口にした。

もちろんだが怒張の突きあげはずっと続いているので、喘ぎ声が混じった色っぽい訴えとなった。

「おお、たまらないよ、亜美ママ!」

興奮すると言った言葉を証明するかのように、ジョゼはさらに亜美を突きあげるピッチをあげてきた。

「ああああっ、ひいいん! 強い、あああんっ!」

褐色の少年の膝の上で、小柄な美熟女の肉体が大きく弾んだ。

濃いめの陰毛の下で大きく開いた膣口に野太い逸物が出入りし、二つの乳房が躍り狂う。

「どこが、一番いいの? 亜美ママ」

頭の芯まで痺れている感じの亜美の耳に、ジョゼの声が聞こえてきた。

「あっ、あああっ、奥! あああん、奥が、ああ、だめっ!」

さきほど気持ちいいと言った流れのままに、亜美はほとんど無意識に口にしてしまった。

「ふふ、いまのは本気だね、亜美ママ」

ジョゼの言葉にはっとなって、亜美は目を見開いた。

この少年は、亜美に嘘でもいいからと言って快感の言葉を口にさせることで、巧《たく》みに誘導していたのだ。

「あ、そんな、違う……あっ、いやっ、あああああっ！」

まだ十代前半だというのに大人以上の狡猾さを見せる少年に、亜美は驚愕すると同時に恐怖していた。

母国でどんな経験を積んできたのかは知らないが、まだ無邪気さを残している尚太とはあまりに違っている。

「亜美ママは、子宮でも感じられるかもね。僕のチ×チンで突かれると、子宮まで気持ちいいって、国の女の人たちが言ってたよ」

そして彼の行為は、重ねてきた経験に裏打ちされている。なにかを思いついたような顔をしたジョゼは、亜美の膝裏を持ちあげている手を大きく動かしてきた。

「ああっ、いやっ、なにを……あっ、あああああん！」

いくら快感に痺れていたとはいえ、年端《としは》もいかない少年の思うさま、本音まで引き出された自分が亜美は悔しい。

だが彼の手で両脚を前後左右に揺すられ、下半身全体を回すように動かされると、また未知の快感に翻弄される。

「あああっ、ジョゼくん……だめええ、あああっ！」

コンドームがあっても大きなエラの突き出しを感じさせる亀頭が、子宮口の辺りをグリグリと掻き回してきた。

ピストンとはまた違う感覚に、亜美は唇を開いてよがり泣いた。

「ふふ、思ったとおり、亜美ママは、子宮で感じられる女の人だ！」

亜美のあまりに強い反応を見て、ジョゼは声を弾ませる。そしてさらに腕に力を込め、亜美の腰を回してきた。

「はうううう、許して……ああああっ、奥、ひあああん！」

大きな瞳を蕩けさせ、亜美は外まで聞こえるかと思うようなよがり声を響かせる。

彼の言葉どおり、下腹の辺りがずっとビクビクと脈動していて、子宮が揺らされるたびに頭の先まで快美感に痺れていった。

（ああ……私、ジョゼくんに教えられてる）

母として許されないことだと、亜美は思う。だがもう、意志の力でどうにかなるものではなかった。

「さあ、今度は突くよ、亜美ママ。しっかり子宮で、受け止めるんだ！」

亜美の下半身を回していた腕を止め、ジョゼは下から逸物を突きあげた。

「ひっ、ひいいい、あああっ、はあああああん！」

こねくり回されていた子宮口が一気に奥に押し込まれ、子宮本体が歪む。

さきほどのフェラチオのときよりも大きく口を開き、亜美は絶叫しながら瞳を彷徨《さまよ》わせた。

「あああっ、ひあああああん！　死んじゃう、ああっ、あああああっ！」

快感はあまりに凄まじく、背骨が砕けそうになり、揺れる熟乳の先端にある乳首がピリピリと痺れている。

もうなにかを考えることもできず、亜美はただひたすらによがり狂った。

「す、すごいよ、亜美ママ。もっと、ケダモノみたいになって！」

興奮気味に声をうわずらせたジョゼは、ベッドの反動を使って激しいピストンを繰り返してきた。

座った彼の膝の上で、ピンク色に上気した小さな身体と、たわわに実った双乳が派手にバウンドしていた。

「なりたくない……ああああっ、いやあっ！　ああああっ、あああああん！」

ケダモノと言う言葉まで口にした少年に、反論する力も亜美にはもうない。

愛液に濡れ光っている陰毛の奥に巨大な肉茎を受け入れながら、まさにケダモノのような雄叫びを繰り返すのみだ。

「だめええ、あああっ！　イッちゃう、あああああっ！」

そしてもう息をつく暇もなく、亜美は突かれるがままに頂点へと向かっていった。

「気持ちいいんだね！　オマ×コの奥と子宮が、いいんだね！」

限界を叫んだ美熟女の後ろで、褐色の少年が大声で叫んだ。

「あああ、いい、あああああん、奥がいいの！　ああっ、気持ちいい、あああああっ、イクうっ！」

催眠術かなにかに操られているような状態で、亜美はためらわずにそう叫んでしまった。

同時に、とんでもない快感が全身を包み込んでいった。

「あああっ、子宮でイクっ！　ああっ、あああああん、イクうううううっ！」

快感が強すぎて、本当に子宮でイッているのかどうかまではわからないが、亜美は本能でそう叫びながらエクスタシーを極めた。

「あああああっ、はあああああん！　すごい、あああああっ！」

ただ全身が痺れ落ちていく感覚は、はっきりとしている。もうすべてを投げ捨てて、亜美は次々にわきあがる女の発作に身を委《ゆだ》ねた。

「くうう、僕もイクよ、ううっ！」

ガクガクと震えている亜美の身体を抱き寄せ、ジョゼも歯を食いしばった。

濡れて蕩けた媚肉の中で剛棒が激しく脈打ち、コンドームの先端に精液が溜まっていく感触があった。

「あっ、あああああっ、あああん、あああっ！」

亜美は快感で汗に濡れた肌を波打たせながら、自分の膣奥が精子を受け止めたいと脈動していることを知覚していた。


「あれっ！　ジョゼ、来てたんだ」

部活動を終えて尚太が帰宅すると、自分のものではないスニーカーが玄関にあった。

リビングに入ると、親友のジョゼがソファでお茶を飲んでいた。

「よっ、尚太！　ゲームしようと思って、待ってたよ」

ソファから振り返ったジョゼは、いつもの笑顔を見せた。

「おかえり、尚ちゃん」

母もキッチンから出てきて、ふだんと同じように笑顔で尚太を迎えてくれた。

「ただいま」

そう答えながら、尚太はなにか違和感のようなものを覚えた。

(顔が赤い……どうして?)

色白の母は頬がピンクで、ジョゼもどこか汗ばんでいる感じだ。例えるとしたら、なにかスポーツの試合を終えたような雰囲気がある。

(二人で? それはないか……)

ジョゼと母がテニスの試合でもしていたのかと想像するが、このマンションのどこでそんなことをするというのか。

だいたい母は、運動をほとんどしない人だ。

「尚ちゃんも、お茶飲む?」

そんなことを思いながら、カバンも下ろさずに立つ尚太に、母が聞いてきた。

態度がなにかよそよそしいというか、いつもはしつこいくらいに自分に向けられてくる大きな瞳が床に向いていることも、尚太にはなんだか不思議だった。

第三章　ママを寝取られちゃった僕

「へえー、これが、ラブホテルかあ。前の国には、こんなのなかったよ」

ベッドに座り、ジョゼは楽しげに声を弾ませた。亜美が買い物に付き合ってほしいとジョゼに呼び出されてやってくると、駅に近い場所にあるラブホテルに強引に連れ込まれた。

知り合いの誰かに見られたらまずいと亜美は抵抗したが、騒ぐとよけいに目立ってしまうので仕方なしに中に入った。

「じっくりと、楽しめそうだね、亜美ママ」

入るところを近所の人にでも見られていたらとどうしようと、生きた心地がしない亜美に対し、この女慣れした少年は、全体がパープル調の部屋を見てはしゃいでいる。

土曜の午後、息子の尚太は所属する卓球部の練習試合があり、他校に出向いている。

公式戦ではないので親も応援にいかないのが当たり前なので、身体が空いた亜美をジョゼが誘ったのだ。

「そんなに時間がないの。お夕飯の買い物だってあるし……」

学校終わりの数時間、尚太が部活から戻るまでの時間に、ジョゼに身体を求められる日々が続いていた。

多少時間に余裕があるとはいえ、いつまでもいっしょにいられるわけではない。

「わかってるよ、亜美ママ」

ジョゼはベッドから勢いよく立ちあがると、そばに立つ亜美を、後ろから抱きしめてきた。

「でもそんなに、焦らなくてもいいじゃん、ゆっくりと楽しもうよ」

ジョゼは亜美のコートを後ろから脱がし、ブラウスのボタンに手をかけてきた。

「た、楽しむほど余裕なんかないって、言ってるでしょ……」

早く終わらせたいと思っているのは、尚太が戻るからという理由だけではない。

(私……どんどん淫らにされている)

毎日のように、ジョゼの巨根と凄まじい性欲を受け止めている亜美の小柄な身体は、自分でも驚くくらいに変貌《へんぼう》していた。

全身のあらゆる場所の感度がアップしていて、愛液の量も以前とは比べものにならない。

先日は、着替えの際にブラジャーが乳首に擦れただけで背中まで電気が走り、変な声を漏らしてしまった。

（ちゃんと、しないと……）

夫に重婚されたとはいえ、まだれっきとした人妻だし、中学生の子を持つ母親だ。家族を裏切ったうえに、肉欲に溺れるなどあってはならないと亜美は思うのだ。

「いい加減、動画は消してくれたの？」

二度目の行為からは、亜美はジョゼに撮影された動画で脅されている。

「うん、消すよ。亜美ママが、僕のことを、好きになってくれたらね」

その話になると、ジョゼはいつもごまかそうとしてくる。好きになるとか、亜美のことを愛しているから、毎日動画を見たいなどと言う。

「好きとか、そんなのありえないから……ねえ、どうしたら消してくれるの？　きゃあっ！」

いい加減にはっきりさせねばと、亜美は後ろにいるジョゼのほうを振り返る。

そのときスカートのホックが外されて落下し、ムチムチと肉感的な白い太腿と黒のパンティが露出した。

「おっ、僕がプレゼントした、下着を着けてくれてるじゃん！」

続けて、完全に前が開いたブラウスが脱がされると、亜美は上下お揃いの黒い生地に白のレースがあしらわれた、ブラジャーとパンティだけの姿となった。

亜美は肌はかなりの色白なので、下着の黒と見事なコントラストを描いていた。

「あ、あなたが着てこいって……」

父親のカードで必要なものは買っていいとジョゼは言われていて、いちいち明細の確認などしないらしい。

女物の下着を息子が購入していても気づかない親子関係など、息子を溺愛《できあい》する亜美には信じられないが、ジョゼのところはそうらしい。

「だって、亜美ママに、似合うと思ったから」

急に子供じみた口調になったジョゼは、また後ろから亜美の身体を抱きしめてきた。

「そ、そんなこと……」

彼もまた寂しいのだと、亜美はわかっている。そんな少年に同情する気持ちがわきあがってくる。

ただ彼としていることは、けっして許されない行為なのだ。

「もったいないけど、外しちゃおうね、亜美ママ」

子供らしさを見せたのは一瞬だけで、ジョゼはブラジャーのホックを外して亜美のたわわなバストを露出させた。

白く柔らかそうなHカップの熟乳が波打って弾き出て、ブルブルと上下に弾む。

「あっ、いやっ、あっ、やだ、はうっ」

もう亜美の肉体のすべてを熟知しているジョゼは、優しく乳房を揉みながら、爪先で乳首を軽く引っ掻いてきた。

一気に強い性感帯へと成長している乳頭は見事に反応し、亜美は無意識に腰が揺れるほど感じてしまう。

いつもこうして、動画の件をごまかされてしまうのだ。

「あっ、やっ、そんなふうに、あっ、あああ、はあああっ」

ジョゼは黙ったまま両乳房を揉んだり、ときには片方の乳首だけを摘《つ》まんだりと自在に責めてくる。

亜美は彼の思うさま感じさせられ、淫らな声を搾《しぼ》り取られるのだ。

（このままじゃ、いけない……）

流されてはならないと常に思っているのだが、三十五歳の肉体は一度性感が昂ると歯止めが利かない。

自分がここまで淫らな人間だったのかと、亜美は一人になると泣くこともある。

「ああっ、いやっ、あああああん、あっ、あああっ」

ただ彼に与えられる快美感は凄まじい。身も心も痺れていき、なにかを考えるのもつらくなるほどだ。

(ああ……尚ちゃん)

息子に申し訳ないと、亜美は大きな瞳を濡らす。ただいつかそんな思いもなくなり、ただ肉欲に溺れる女になるのではないか。

そんな予感に、亜美は恐怖するのだった。

「ああっ、はうっ、あああ、きゃっ、いやっ」

褐色の大きな手で乳房を翻弄されながら、亜美は黒いパンティだけの下半身をくねらせている。

もう唇を閉じるのもままならない美熟女は、肉感的なヒップに硬いモノを感じて背後を見た。

「もう、ギンギンだよ」

どうやって服を脱いだのかはわからないが、背後に立つジョゼは裸になっていた。

大人以上の体格を誇る褐色の肉体の真ん中で、動物の角《つの》を思わせる凶悪な肉棒が反り返って、亜美のヒップを突いていた。

「ほら、亜美ママ」

ジョゼは亜美の背中に自分の胸板を密着させると、肉棒をムチムチとした太腿の間に差し込んできた。

そして硬く太い肉茎を黒パンティの股間部分にあてがい、ゆっくりと腰を使い出す。

「きゃっ、なにをしてる……あっ！」

パンティの股布越しに、怒張が擦りつけられる。驚く亜美だったが、ジョゼが急に乳房を嬲《なぶ》る手に力を込めてきて、思わず喘いでしまった。

「あっ、いやっ、はうっ、あああっ！」

硬化した逸物が股間を擦り、乳首が太い指の間で押しつぶされる。

全身が熱く痺れていく感覚に陥った亜美は、小柄な全身を何度も引き攣らせた。

(いや……すごく硬い……)

布越しでもはっきりとわかるほど、ジョゼの怒張は逞しい。たまに張り出した亀頭のエラが、クリトリスを擦り快感が突き抜ける。

「あっ、あああっ、やっ、はあああん！」

艶のある声をあげる亜美は、両脚の力が抜けて立っているのもつらい。

（いやっ、奥が熱い……）

そしてパンティに守られているはずの膣内は、ヒリヒリと焦《じ》れたような感じで刺激を求めて燃えあがっている。

いけないという思いはあるが、快感に頭まで痺れていて、悩む気持ちも掻き消されていった。

「汗が出てきてるよ、亜美ママ。こっちも、すごいことになっていそうだね」

女を感じさせることに慣れている悪魔のような少年は、亜美の昂りを充分に察していて、嬉しそうに笑いながら片手を下に伸ばしてきた。

「あっ、いやっ、だめっ！」

黒パンティの片方を摑まれ、ずり下げられていく。驚いて声を張りあげる亜美だったが、怯えているのは裸にされることではない。

「おおっ、すごいよ、亜美ママ。糸を引いてる」

「いっ、いやあっ、見ちゃだめ！」

太腿の中ほどまで下ろされたパンティの股布には大量の愛液が付着していて、なんと亜美の秘裂との間で淫靡な数本の糸が引かれていた。

自分でもこの反応に気がついていた亜美は、それを知られるのがつらかったのだ。

「ああっ、見ないで、いやっ！」

擦りつけられる肉棒を求めるような反応をしている自分が、亜美は恥ずかしい。

パンティが下げられるのと同時に、むっと漂《ただよ》ってきた牝の香りも心を蝕んでいた。

「ふふ、エッチなオマ×コになったね。光ってるよ」

黒い生地のせいもあってか、愛液の量や粘り気《け》までやけに目立っている。

変わらず背後から亜美の双乳を揉みながら、ジョゼは我が物顔で囁いてきた。

「そんな、私は……」

慌てて声を荒くした亜美だが、否定はできなかった。いまも漂ってくる愛液の淫臭が、彼の言葉を肯定していたからだ。

「ふふ、こういうのは、どう？」

ジョゼは再び亜美の股間に肉棒を擦りつけてきた。今度はパンティがないので直接肉茎が触れる。

「あっ、いやっ、それだめ、あああん！」

エラが張り出した亀頭部が、生で膣口やクリトリスを擦りあげる。大量の愛液にまみれている肉唇から、ヌチャヌチャと粘着音があがった。

「あっ、あああっ、いやあああ、あああん、だめええ！」

匂いと音、そして頭の先まで痺れるような快感。まだ挿入前だというのに、亜美はもう切羽詰《せっぱ》まった声をあげていた。

「ほら、亜美ママ、見てよ。すごく、エッチな顔になってる」

亜美とジョゼは、ラブホテルの部屋に置かれているベッドとソファの間に立って身体を密着させている。

横側の壁には大きな姿見の鏡が設置されていて、二人の姿が大映しになっていた。

亜美は意識的にそれから目を背《そむ》けていたのだが、ジョゼによって身体を向けられた。

「ああっ、いやっ、こんなの……ああん、いやっ！」

大鏡の中には、肉感的な白い身体を、褐色の男に後ろから抱きしめられている女が映っている。

太腿の半ばまで黒のパンティを下げられた下半身をくねらせ、乳房を揉みしだかれ乳首をつぶされながら喘いでいる。

（ああ……なんていやらしいの）

そして亜美が一番つらいのは、自分の顔が完全に蕩けきっていることだ。大きな瞳は虚ろに宙を彷徨い、唇はずっと半開きのまま白い歯を覗かせていた。

「あああっ、いやあああ、もう許してぇ！」

股間にある陰毛の下では、巨大な肉茎がずっと擦りつけられている。自分のこんな姿を夫や息子が見たらどう思うだろうか。つらくてたまらないが、快感は止まらない。

「いやあああ、ああああん、ああああっ、あああああん！」

それどころか、こんなにもみじめな気持ちだというのに、肉体の昂りが激しくなっているように思う。

まだ刺激を受けていない膣奥がたまらなく疼き、膝がガクガクとさらに強く震えだした。

「あっ、ああ……いやあ、ああっ！」

切羽詰まった状態の亜美はついに立っていられなくなって、床に崩れそうになる。

「おっと」

ジョゼが太い腕で亜美の腰の辺りを支えて倒れるのだけは防いだが、無意識に目の前にあるソファに手をついたので、立ちバックのような体勢になった。

「亜美ママ、気持ちいいんだね。もっとしてあげる」

立っている状態よりも、亜美がソファに手を置いてお尻を掲《かか》げる姿勢のほうがやりやすくなったのか、ジョゼは勢いを増して腰を前後させてきた。

「あああっ、ひあああ！　これだめ、ああっ、あああっ！」

大量の愛液にまみれた秘裂を、鉄のような怒張が強く擦る。ときおり張り出した亀頭が強くクリトリスを弾き、快感に腰が震える。

「お願い、あああっ、もう、ああっ、あああっ！」

そして膣奥の疼きは、さらに強くなる。もう中がずっとヒリヒリと焦れていて、たまらない。

（ああ……私……おかしくなちゃう）

焦燥感《しょうそう》は子宮まで熱くさせ、亜美は妻や母としての矜持《きょうじ》も忘れて、肉欲に心を奪われていた。

このまま擦るだけの行為を繰り返されたら、狂ってしまうという思いだ。

「ああっ、はああぁん、ジョゼくん、あああん！」

追いつめられた美熟女はいつしか自分でヒップを動かし、股間に擦りつけられている肉棒を呑み込もうとしていた。

亀頭が後ろに下がると同時に身体を前に出し、次に突かれるときに膣口を亀頭に合わせようとする。

当然だが目に見えている状態ではないので、怒張が中に入ってくることはない。

「亜美ママ、欲しいの？　入れたいのかい？」

ジョゼはそんな亜美の揺れるヒップを鷲摑みにすると、さらに強く肉竿を擦りつけてきた。

「あああっ、いやあああ、あああああっ！」

強い力によって下半身の動きが止められ、さらに強く肉茎が肉唇やクリトリスを摩擦した。

これだけでもイッてしまいそうなくらいの快感だが、亜美は違うものを求めていた。

「ちゃんと、口に出して言ってよ、亜美ママ」

立ちバックの身体の下で、大きさを増しているように見える熟乳を弾ませる亜美に、ジョゼはしたり顔で言った。

歳は亜美よりも遥かに下なのに、この少年は女を煽ることも心得ているようだ。

「ああっ、私、いやっ、あああああっ！」

まだ心の奥には、自分からセックスを求めてはならないという思いもある。

ただもう下半身全体が痺れ落ちていくような感覚が、亜美の心まで麻痺させていくのだ。

（もうだめ、頭が変になる……）

これ以上、焦らされたら自分は気が狂って死んでしまう。亜美は本気でそう思って頭だけを後ろに向けて、蕩けた瞳を褐色の少年に向けた。

「ああ、も、もう欲しいの……はあぁっ、入れて……」

そして自分でも信じられないような甘い声で、息子の友人に挿入を懇願《こんがん》していた。

とんでもないことを口走ってしまった。そんな思いを抱くと、なぜか背中がゾクゾクと震えた。

「いいよ、いま着けるから。そのまま、待っているんだよ」

中途半端に黒パンティを下ろしたまま、お尻を突きあげている美熟女にそう命じた少年は、コンドームを取り出して袋を破った。

亜美は素直にその言葉に従い、アナルも媚肉も剝《む》きだしにしたまま体勢を維持する。

（ああ……私……いま……）

快感が一気に引いていくなか、亜美は自分の心に芽生えていた思いに愕然となっていた。

それは、彼の男根を求めてしまったことに対してではなかった。

（そのまま、入れてもいいって言いかけた……）

生で挿入してもかまわない。亜美は無意識に、そう口走りそうになっていた。

亜美の中に眠る牝の本能が、生の男根を求めたというのか。

「さあ、いくよ、亜美ママ！　たっぷりと、奥でしてあげるからね」

暴走する己《おのれ》の女に愕然となっている亜美の後ろで、ジョゼがコンドームの装着を終えた。

そして脱ぎかけだったパンティを引き下ろし、ゆっくりと巨根を押し込んできた。

「あっ、あああああ、はあああん！　太い、ああっ！」

自身の変化に驚く気持ちも、巨大な亀頭が膣口を割ると一気に吹き飛んだ。

強烈な快感が爪の先まで突き抜け、亜美は立ちバックの身体を震わせてのけぞった。

「一気に、いくよ」

「あっ、ああああっ、ひああああっ！」

もう焦らさないとばかりに、ジョゼは怒張を最奥に突き立てた。子宮口が押し込まれ、夫では届かない深さまで硬いモノが満たしていく。

ほとんど絶叫に近いような声を響かせ、亜美は快感に震えた。

「くう、亜美ママの中、すごく絞めてくるよ、おお！」

媚肉のほうも肉棒をようやく受け入れたことに歓喜していて、強く脈動しながら怒張を食い絞めている。

興奮気味に息を荒くしているジョゼは、激しいピストンを開始する。

「あぁあっ、はぁああん！　たまらない、あぁあっ、ああああん！」

ソファに手を突いた小さな亜美の身体が、大きく前後に揺れるほどの強い打ちつけも、すべて快感に変わっていく。

白い肌はピンクに染まって汗ばみ、乳首が尖った揺れるHカップ乳もジーンと痺れていった。

（ああ……こんなの、すごすぎる）

あまりに強い性の痺れに、亜美は身も心も溺れさせていた。背骨がバラバラになるかと思うようなこの快感に、逆らえる女がいるのか。言い訳をするように、心の中で繰り返した。

「亜美ママ、オマ×コの奥、どう？」

凄まじいよがり泣きを見せる美熟女の熟れたヒップを強く摑み、ジョゼはさらにピストンのピッチをあげてきた。

「あああっ、いい！　あああああん、気持ちいいの……あああっ、すごいいい！」

前にジョゼにそう聞かれたのは、いつだっただろうか。痺れきった頭では、もう思い出せない。

ただ今日は自分でもその言葉を口にしたいと、感情が暴走していた。

「はあああん、奥いい！　あああっ、狂っちゃううう！」

床に向かって開き気味に伸ばした白い両脚をクネクネと揺らし、亜美はお腹の奥まで侵入してきている感覚の怒張に身を任せていた。

「もっと、気持ちよくなって、亜美ママ」

肉欲に呑み込まれる亜美を、ジョゼはさらに責めてくる。ソファに置いていている両腕を摑んで後ろに引き寄せてきた。

「あああっ、あああ、だめっ！　奥、はあああん、あああああっ！」

両腕が後ろに引っ張られ背中を反らした体勢になり、股間同士の密着度があがって、さらに奥を亀頭が抉ってきた。

ジョゼは続けて激しいピストンを繰り返していて、宙に浮かんだ上体の前で二つの熟乳が躍り狂っていた。

「ほら、亜美ママ、横を見て」

ジョゼの囁きに、亜美は顔だけを横にねじる。目を開くと、そこには大鏡があった。

「あああっ、いやあっ！　あああん、あああああっ！」

瞳を妖《あや》しく潤ませ、唇を大きく開いた淫らな女が鏡の中にいた。

あまりのいやらしい姿を、とても見ていられずに悲鳴をあげて顔を背けた亜美を、ジョゼはさらに強く突き立ててきた。

「あああっ、はあああん、いやあ！　ああああっ、だめえ、おかしくなっちゃう！」

もう全身が快感に痺れ落ちていく。自分の情けない姿を見た瞬間、なぜか肉体の感度があがった気がした。

「ふふ、いやだっていいながら、オマ×コの奥が締めてきてるよ。亜美ママは、マゾかもね」

亜美の反応にジョゼも気がついていて、それでピストンを速くしてきたのだ。

「そんな、あああっ、私……ああっ、変態じゃない、ああああああっ！」

変な性癖を持っているふうに言われて亜美は懸命に否定するが、心は乱れていた。

(こんなにつらいのに……どんどん、気持ちよくなってきてる)

屈辱にまみれながら肉棒で膣奥を突きまくられ、さらに性感を燃やしている自覚が亜美にはあった。

それがマゾの女であるというのなら、自分はそうなのかもしれないという思いが、心に芽生えていた。

「ああっ、違うわ……ああっ、あああああっ！」

すぐに違うと言葉に出して否定するが、肉体はもう痺れきり考えも巡《めぐ》らなくなっていた。

「ふふ、違うのなら、自分の恥ずかしい顔を見てても、平気だよね？　興奮なんかしないよね？」

大柄な少年は、腕を引き寄せている亜美の身体ごと横に回転した。

「あああっ、ひいいいい、だめえ、あああん！」

立ちバックで突かれる小柄な白い身体が、鏡のほうを向いた。うっすらと目を開くと、そこにはもう一人の自分がいる。

割れた唇から白い歯を覗かせ、双乳を躍らせながらよがり狂っている。

額に汗まで浮かべ頬をピンクに染めた女は、まさに淫らなケダモノだ。

「あああっ、いやあああっ！　あああん、あああああっ！」

涙が出てくるくらいに、恥ずかしくてつらい。なのに胸の奥がギュッと締めつけられるような感覚に陥り、肌がヒリヒリと熱くなった。

そしてすでに痺れ落ちている膣内が、さらに昂っていくのだ。

「すごく、食い絞めてきたよ。やっぱりそうだ、ううっ、亜美ママは、エッチなマゾだ！」

興奮気味に叫んだジョゼは、力の限りに怒張をピストンさせてきた。

「あああっ、あああっ、そんなの……ああっ、だめえ！　ああ、もう無理、あああああん！」

否定した気持ちも、もう快感に呑み込まれていく。巨根によって歪まされる子宮から、大きな悦楽の波がやってきた。

「ああっ、イク、イク、イクうううううう！」

鏡に映った自分の歪んだ顔を見つめながら、亜美は頂点を極めていった。

とてつもなくみじめな気持ちなのに、それが奇妙なくらいの満足感を与えてくれた。

「くうう、僕も、出るよ、ううう！」

強く締めつけている媚肉にジョゼも屈《くっ》し、腰を震わせた。

「あああっ、すごい！　あああっ、大きくなって、ビクビクしてる、あああああっ！」

なぜ自分がそうしているのかはわからないが、亜美は鏡の中の自分の向こうに映っている褐色の少年に向かって叫んでいた。

肉体が歓喜していることを、誰かに知ってほしい。目覚めはじめたマゾの性感が、そうさせているのかもしれなかった。

「あああっ、あああっ、すごくイッてる！　ああっ、あああああっ！」

コンドームの中に何度も精液が放たれるなか、亜美は本能的にその粘液を膣奥に求めるように、立ちバックの身体ごと後ろにヒップを突き出していた。


「どうもありがとう、ごめんな」

「そんなの、気にしないでください」

卓球部の練習試合の最中に先輩の一人が足首をねじったので、尚太が彼の荷物を持って家まで送ってきたのだ。

あまり人付き合いがいいほうの尚太ではないが、部員の数も少ない卓球部は先輩がみんな優しく、いつも可愛がってもらっていた。

「では、お大事に」

先輩に挨拶をしてから、自分の荷物を担いで尚太は歩きだした。先輩の家は尚太のマンションからは離れているので、けっこう歩かなくてはならない。

(それよりも、この辺りってガラが悪いんだよな)

住み慣れている先輩は、怖い思いなどしたことはないと話していたが、駅近ではあるが裏通りとなるこの道は、スナックなどの飲み屋がたくさん並んでいる。

明らかに水商売風に男性が立っていたりして、気が弱い中学生の尚太はあまり歩きたくない場所だった。

「えっ……ジョゼ？」

その通り沿いに、数軒のラブホテルがある。さすがに尚太もなにをする場所かくらいはわかっているが、外から隠されているような構造の出入り口から、見慣れた褐色の男が出てきた。

濃い色のシャツに細身のパンツ姿のジョゼは、とても中学生には見えない。もちろん尚太も、彼の友だちでなければホテルから出て来てもなにも思わなかっただろう。

「なにやってんだ……」

ただいくら大人っぽいとはいえ、彼は尚太の同い年の少年だ。

なにか見てはならない瞬間に遭遇してしまったような気がして、尚太はとっさにその場にあった路地に身を隠した。

「えっ、か……母さん!?」

ジョゼが出てきたのにも驚きだったが、その数秒後に同じホテルの出入り口から辺りをうかがうように警戒して現れたのは、紛《まぎ》れもなく亜美だった。

自分の視界に入っている光景が現実のものとは思えず、尚太は思わず手にしていたバックを地面に落としてしまった。

（なんで、なんで……）

二人には時間差があり、互いに一人で出てきた。尚太の心に偶然ではないのかと、希望を持つような考えが浮かぶ。

だが少し歩くとジョゼが立ち止まり、笑顔を見せて母のほうを振り返った。

母はそんなジョゼを一度見たあと、少しの間、彼と横並びになって歩いた。

「か、母さん……」

二人が会話を交わすことはなかったが、どう見てもいまさっき偶然会ったようには見えなかった。

なぜ母がジョゼとラブホテルから出てきたのか。目の前の現実をとても受け入れられずに、尚太は呆然とするのみだった。

「お帰り、尚ちゃん、試合疲れたでしょう」

とてもすぐに帰宅する気持ちにはなれず、公園で時間をつぶしてから戻った尚太を、母は笑顔で出迎えた。

（いつもと同じだ……）

さきほどラブホテルから出てきた際は、暗い顔をしていたのに、いまはふだんと同じように明るい母だ。

「お腹空いたでしょ？　おやつあるよ、ほら、手を洗って」

玄関をあがると同時に尚太のバックを取り、洗濯物を出しながら、かいがいしく世話を焼いてくる。

「どうしたの、まさかケガとか？」

そんな母を見つめて呆然と立つ息子を、亜美は心配そうに見つめ、手を握ってきた。

スキンシップが多いのも、いつもと同じだ。

「う、ううん、なんでもないよ……お腹空いたから食べるよ」

大きな瞳で見あげてくる母に、さっきのことを話そうとした尚太だったが、なぜか言えなかった。

聞いたら最後、とんでもないことになる気がして言葉が出なかったのだ。

「そう、じゃあ、お紅茶いれるね」

明るく笑いながら、亜美はバタバタとキッチンに向かっていった。

（どうして、そんなに普通にしていられるんだよ……）

息子の友だちとラブホテルから出てきたのは一時間ほど前なのに、なにごともなかったかのような笑顔を見せる母が信じられない。

なぜという怒りと、自分は幻でも見ていたのかという迷いが入り交じり、尚太はたまらなくなって洗面所で何度も顔を洗った。


「なに？　尚太、わざわざこんなところに、呼び出してさ」

週明けの放課後、卓球部の練習に行く前に、尚太はジョゼを校舎の裏に呼び出した。昼休みなどもいつもいっしょにいるのだから、こんな人気《ひとけ》がない場所に呼び出されたことを、彼がおかしく思うのも当然だ。

ただなんというか、ジョゼの表情はその理由を察しているように感じ取れた。

「ど、どうしてだか、わかってるんじゃないのか？」

だからあえて尚太は、自分から説明せずにそう聞いてみた。するとジョゼは少し眉を動かしたあと、大きく息を吐いた。

「誰から聞いたの？　まさか、亜美ママじゃないよね？」

親友だから、言葉少ななのは向こうも同じだ。多くを語らなくても、だいたいは通じてしまう。

「土曜日に、ラブホテルの前に偶然いたんだよ。見たんだ……」

「そうか、なら、仕方がないね。亜美ママには、絶対に尚太にばれるなって言われてたけど。僕たち、付き合ってるよ。セックスもしてる」

尚太の言葉を聞いて、ジョゼはごまかしても無理だと思ったのか、素直に認めた。

「えっ！」

ただセックスをという生々しい言葉を聞いて、尚太は絶句していた。日本に来る前に、ジョゼは何人もの女の人と関係も持っていたとは聞かされていたが、尚太はどこか遠い世界の話のように思っていた。

「か、母さんが……信じられないよ」

ただ言葉でそう聞いても、「はい、そうですか」と受け入れられるはずがない。なにしろ母はまだ人妻で、ジョゼは同級生なのだ。ジョゼはともかく、母がそんな状況で恋仲になるなど考えられなかった。

（これじゃ、父さんと同じじゃないか……）

異国の地で若い女と重婚した父親。その話を聞いた日、母は涙を流していたはずだ。いつも明るくて、家族思いの母である亜美が、そんな愚かなことをするとは思えなかった。

「信じられないなら、証拠もあるよ、ほら」

現実を受け入れられない様子の尚太の前に、ジョゼはスマホを出してきた。

彼もうふざけた感じはなく、真剣な顔になっている。

「これっ!?」

スマホの画面には、ソファに並んで座る男と女の自撮り写真が映っていた。

ジョゼが長い腕を伸ばして撮っているようで、二人の頭から下半身の辺りまでが映されている。

「そんな……そんな、まさか……」

二人は互いに一糸まとわぬ姿で、筋肉質の褐色の身体と肉棒を晒したジョゼの隣に、白い肌をした肉感的な女が座っている。

とっさに隠したのだろうか、片手で目の辺りを覆ってはいるが、乳房も乳首も、そして漆黒の陰毛まで晒している女が母であることは、身体の特徴からすぐにわかった。

(どうして、こんな写真まで?)

あの真面目で清楚な母が、男と裸で並んで撮影を許している。こんな写真を撮らせたら、一生残るかもしれないというのに。

怒りや戸惑いの感情が入り交じり、尚太は唇を血が出るほど噛んでいた。

「大丈夫か？　尚太」

スマホをポケットに戻して、ジョゼは尚太の肩に手を置いてきた。

「大丈夫じゃないよ。どうして母さんなんだよ？　なんで、そんなことするんだ！」

そのジョゼの腕を払いのけて、尚太は声を荒げた。きっとどうしようもない理由があって、ジョゼに抱かれている。そう思いたかった。

「受け入れられないのは、仕方がないね。でも尚太、僕たちは、愛しあっているんだよ。だから、セックスもしてる」

真剣な顔をしているが、日本語の発音が少しおかしいので、やけに軽い言葉に聞こえる。

もちろんそれはジョゼが悪いわけではないが、尚太は強くいらだった。

「セックスとか言うな！　どうして母さんが……嘘つくなよ！」

もちろん母も人間であり女だから、性欲のようなものがないとまでは思わないが、まだ中学生の尚太が素直に受け入れられるはずがない。

しかも相手が同級生の少年なのだ。現実だと思うことを心が拒絶していた。

「亜美ママだって、普通の女性だよ。いや、どちらかといえば、エッチが好きなほうだよ。僕のコイツに、まいってきてる感じだね」

尚太の言葉に反論するジョゼが、なにかを思い出したように顔を緩めた。

「いい加減にしろよ、人の母さんをなんだと思ってるんだ！」

尚太はもうたまらなくなって、ジョゼの胸ぐらを摑んだ。ジョゼは微動だにせずにされるがままだが、尚太は拳を握ったものの殴ることはできなかった。

その理由が喧嘩など一度もしたことがないからか、それとも現実としてジョゼと裸で並んだ母の写真を見せられたからか、自分でもわからない。

「尚太、僕は本気だよ、亜美ママを愛してるんだ。だから、一生懸命セックスをする。亜美ママも、すごく感じてくれてるよ」

「かっ、感じてるなんて、言うなっ！　そんなこと……」

自分の母親が淫らな女のように言われて、尚太はまた声を大きくした。

親のセックスの話を聞かされて、気持ち悪いと思うのが普通かもしれないが、なぜか尚太の心にあるのは怒りの感情だった。

「本当だよ、ちゃんと亜美ママも、悦んでくれている。信じられないのなら、見てみるかい？」

「み、見るって？」

親友の口から出た予想もしなかった言葉に、尚太はぽかんと口を開いた。

第四章　禁断の母子視姦プレイ

「えっ、ジョゼくんが、泊まるって……」

夕食を食べ終えた息子の言葉に、テーブルの対面に座った亜美は、目を見開いて絶句した。

息子が友だちを泊めたいと言えば、受け入れるのにためらいはない。

「そ、そんな……どっちが泊まろうって言ったの？」

ただジョゼとなれば話は変わる。なにか悪巧みがあって、ここに泊まろうというのか。亜美は背筋が寒くなった。

「ジョゼが、英語がどうにも苦手だっていうからさ、試験前にいっしょに勉強するかって僕が言ったんだ。ここなら、母さんに質問もできるし……」

ジョゼの母国は英語圏ではないので、日本語を学びながら学校では英語も覚えないといけないので、大変らしいとは聞いていた。

亜美は翻訳の仕事をしているので、教えるくらいはなにも問題はないが。

「そ、そうなんだ……」

息子から提案したと聞いてほっとする亜美だったが、安心はできない。これを利用してなにかしようと、ジョゼが考えている可能性があるからだ。

間違っても、二人の関係を尚太に悟られるわけにはいかない。

「ごめん……無理だった?」

聡明《そうめい》な息子は、母がいい顔をしていないことに気がついたのか、不安げな顔でこちらを見つめている。

「だ、大丈夫よ……お夕飯、張りきらないとね」

身も凍るような不安に苛《さいな》まれながらも、亜美はなんとか笑顔を作っていった。


「ちゃんと、映るものなんだな……」

自分の部屋にある机の前に座り、尚太はノートパソコンの画面を覗き込んでいた。

翻訳家の母のお下がりだが、自分専用として与えられているパソコンは、誰かにチェックされることはない。

年ごろの少年である尚太は、こっそりこれでアダルト動画を見ることもあった。

（音も聞こえてくる……）

画面に映し出されているのは、母と父の寝室の映像だった。ジョゼに言われて小型のカメラを四台仕込んで、さまざまな角度から撮影している。

ジョゼはこういうデジタル機器に詳しく、母国に住んでいたころは、日本の親戚から機械を送ってもらって売却し、小遣い稼ぎをしたりしていたらしい。

カメラにはマイクもついていて、先ほど電源を入れたテレビの音が聞こえていた。

（本当に、ここで……）

今日、ジョゼが泊まりにくるのは、もちろん勉強のためではない。尚太に、自分たちがどれだけ愛しあっているのかを見せるためだと、ジョゼは言った。

彼は、亜美が自分の肉棒に溺れているとはっきりと言いきったが、尚太はとても信じられなかった。

それもあって、本当なら見たくもない親のセックスを確認することを承諾した。

（セックスに溺れるって……）

パソコンを操作すれば、さまざまな角度から寝室のベッドを見ることができた。

カメラのアプリをいったん消して、尚太はこっそりとパソコン内に保存しているアダルト動画を再生した。

『あっ、あああぁん！　いい、そこがいいのっ！』

母よりもかなり若い女優が、男優に突かれて激しくのたうっている。その顔は恍惚としていて歓喜に緩んでいた。

（まさか……母さんが……）

女の匂いなどまるで見せない母が、こんな悦びの表情を見せたりするとは思えない。これはあくまでプロのアダルト女優だからだと、尚太は思う。

「でも……もし……」

ただもしジョゼの言うことが本当なら、母も同じように歓喜の声をあげて快感によがっているということだ。

ありえないと否定しながらも、尚太はそれを確認したいという興味を抑えきれないでいた。

（母さん……）

机の上のノートパソコンに再生される卑猥な動画に、いつしか母の顔を重ねた尚太は、目を血走らせて食い入るように見つめつづけるのだった。

「だめっ、だめよ、あっ」

夕食を食べ終わるまでは、なにごとも起こらなかった。彼らが勉強をしているときに何度か教えに部屋に行ったが、ジョゼは素直に聞いていただけだ。

だが尚太が風呂に入りはじめると、ジョゼはその牙を剝いてきた。ベランダに出て洗濯物を干していた亜美の後ろに突如現れ、スカートの中に手を入れてきた。

「ここはだめっ、あっ、くううううう」

服の上から乳房を荒々しく揉みしだき、パンティの中に入れたもう片方の手で、クリトリスや膣をこねてくる。

懸命に訴える亜美だが、ベランダの両側の仕切りの向こうはすぐ隣家なので、大声で拒絶するわけにもいかない。

「あっ、いやっ、あああっ、くうう、ああっ」

そうしているうちに、ジョゼの指によって肉芽や媚肉が痺れはじめる。わきあがる喘ぎ声に亜美は苦しみながら、ベランダの手すりを摑んで下半身をくねらせた。

「くうう、ああっ、お願い……ジョゼくん、くう、うう」

もし隣人がベランダにいたらと思うと、亜美は生きた心地がしない。だが亜美の肉体を知りつくしたジョゼの指は、確実に急所を突いてきた。

「くううう、はうっ、うううううう」

クリトリスを弾くように愛撫され、亜美は下半身に力が入らなくなり、ベランダの柵を摑んだまま腰を折る。

唇を強く噛んで、なんとか声が漏れるのだけは堪えた。

「お尻を突き出して、エッチだね、亜美ママ」

立ちバックのような体勢になった亜美のスカートをもう腰までまくりあげ、パンティもずり下げて、ジョゼは指を押し込んできた。

体格の大きな彼の太い指が二本、媚肉を引き裂いて奥を捉えた。

「くうううううう」

こちらは小柄な身体をのけぞらせ、自分の指を噛んで声があがるのを堪えた。

全身を甘い痺れが貫き、もう膝がガクガクと震えていた。

「尚太が、お風呂出てくる前に、一回しようよ」

指先で軽くくすぐるように、あっという間に愛液が溢れてきた膣奥を、ジョゼは刺激してくる。

「む、無理よ、そんなの……ああっ、お願いだから許して」

最初とは違い、ジョゼの指は敏感な場所を軽く刺激してくる。大きなよがり声が出るほどの強い快感ではないが、今度は焦れたような欲求に亜美は苦しむ。

ただここでセックスをすることは、絶対に避けなければならない。

（ああ……なんて淫らな女……）

亜美はジョゼの肉棒を受け入れたら、大声を出してしまうことを自分が前提としているのに気がついて、はっとなった。

息子の友人が相手だというのに、身も心もこの剛棒に呑み込まれようとしている。

そう思うと、死にたいくらいにつらかった。

「いいじゃん」

ただ暴走する少年は亜美の苦しみなど感じ取ることなく、ズボンのファスナーを下ろしていく。

彼は本気で、いまセックスをするつもりなのだ。

「おっ、お願い、ここではだめっ……」

自分を狂わせる巨根を受け入れたら、すべてが破滅してしまう。それだけは避けなければと、亜美は涙を浮かべて訴えた。

「うーん、亜美ママの真剣なお願いなら、仕方ないね。じゃあ、夜中にベッドに行くからさ、裸で待っててよ」

ファスナーを下ろして、いつでも肉棒を出せる体勢にしたまま、ジョゼは立ちバックの体勢で突き出された亜美の尻たぶに股間を押しつけてきた。

「そんな……あああ……」

すでに彼の指は秘裂から引き抜かれていて、快感からも解放されている。なのに媚肉はズキズキと疼き、熱い愛液が溢れ出していた。

「ねえ、いいでしょ？」

ジョゼはスカートがずりあがった亜美の腰を掴むと、グリグリと股間を白のパンティに覆われたヒップに擦りつけてきた。

「ああっ、でも……ああ……尚ちゃんが、いるから……ああ」

同じ家の中に息子がいるのに、ジョゼの肉棒で貫かれたら絶対にばれてしまう。

それはなんとか避けたいと、亜美はなよなよと首を振る。一方で熟した肉体は布越しにあたるジョゼの剛棒の感触に、さらに熱く燃えあがっていた。

「亜美ママが、そんなに大きな声を出さなかったら、いいんだよ。まあ、部屋が離れているから、大丈夫ね」

亜美の寝室と尚太の部屋は、マンションの対角線の角同士になる。だから大声を出さなければ聞こえないというのは、本当のところだ。

「わ、わかったから……ああ……も、もう許して」

肉棒でこねられるヒップがやけに敏感になり、なんだか頭までぼんやりとしてきた。

これ以上この状態でいることが怖くなって、亜美はジョゼの要求を受け入れた。


「おーい、ジョゼ、入れよ」

浴室を出た尚太は、パジャマ姿でリビングのドアを開いた。

ジョゼのとんでもない計画に乗ったかたちになったが、二人で勉強をしているときも、いっさい彼はそのことを話さなかったので、なんだかふだんと同じ感覚になっていた。

「ん？」

リビングの中には誰の姿もない、なんだと思ってよく見ると、サッシの向こうにあるベランダに母とジョゼの影があった。

「おお、尚太！　亜美ママの、お手伝いしてたよ」

尚太が二人が外にいることに気がつくのと同時に、ジョゼが振り返って、サッシを開いた。

いつもの笑顔でジョゼが一人、中に入ってきた。

「そうなんだ。早く入りなよ」

「うん」

ジョゼは尚太とあまり目を合わせずに、横を通り過ぎていった。その態度が、ベランダでなにかあったことを直感させた。

「あら、尚ちゃん、あがったのね……なにか飲む？」

続けて、亜美もベランダからリビングに戻ってきた。

「う、うん……」

頷きながら、尚太は母の様子がおかしいことに呆然となっていた。

頬はピンクに上気して、息も荒い。そしてなんというか、ふだんの母からはまったく感じない、淫靡な雰囲気が醸《かも》し出されていた。

(母さん……)

初めて母の女の顔を見た尚太は、しばらくその場に立ちつくしていた。

「ふふ、来たよ、亜美ママ」

どうか来ないでほしいと思っていた、息子の友人。だが夜も一時を回るころ、寝室のドアがガチャリと開いた。

「お願い、ジョゼくん、思い直して。尚太がいるから……」

消していた寝室の電灯のスイッチを入れた彼に、ベッドの中にいる亜美は、なるべく冷静な口調で訴えた。

いくら聞こえづらい部屋の配置とはいえ、ひとつ屋根の下に息子がいる状態でその友人と行為に及ぶなど、許されないことだ。

「大丈夫、昼間の部活で疲れたって、尚太ぐっすりだよ」

帰宅部のジョゼと違い、尚太は土曜の午前中は卓球部の練習に行っていた。そのあと二人でずっと勉強をしていたから、疲労しているのは確かだろう。

「だから、ちょっとやそっとじゃ、起きないと思うよ」

勝手に人の寝室の灯りを点《つ》けドアを閉めたジョゼは、パジャマがわりのスウェットを脱いで全裸になった。

その股間にある巨大なモノは、すでに硬くなりはじめているように見える。それを揺らしながら、ダブルサイズのベッドに近寄ってきた。

「お願い、尚ちゃんがいないときなら、いいから……あっ、いやっ」

懸命に訴える亜美にかまわずに、ジョゼは力一杯に布団を剝ぎ取った。

身体に巻きつけるようにしてくるまっていた布団を強引に引き剝がされ、亜美はシーツの上に転がる。

「ふふ、そんなこと言っても、ちゃんと裸で待っていてくれたじゃん」

シーツだけになったダブルベッドの上に丸まっている亜美は、なにひとつ身に着けていない。

たわわなHカップのバストもたっぷりと肉が乗ったヒップも、そしてしっとりと熟れた白肌の両脚の先まで、すべてが丸出しだ。

「だってこれは、ジョゼくんが……あっ、いやっ」

会話をする暇もなく、ジョゼは亜美の足首を摑みながらベッドに飛び乗ってきた。

「だめっ、お願いだから……いまは、あっ、あああっ」

哀願《あいがん》する亜美におかまいなしに、ジョゼは割り開かれた亜美の肉感的な両脚の間に頭を入れ、股間にしゃぶりついてきた。

「あっ、ああっ、だめっ、ああっ、はうん」

強引に仰向けにされ、引き裂かれた股を力強く舐められる。乱暴な行為だが、亜美の肉体は見事に反応していた。

ベランダでの昂りの余韻はずっと消えず、膣の奥が焦れているような状態が続いていた。

「あっ、あああっ、はうっ、あああ」

もちろん亜美は、自分のそんな身体をつらく思っているのだが、彼の舌が淫唇からクリトリスへと移動すると、もう身体から力が抜けていく。

「あっ、そこは、あっ、はあああん、ああっ」

ジョゼは勢いよく、敏感な肉芽を転がしてくる。亜美は仰向けの上半身を何度ものけぞらせながら、淫らな声を寝室に響かせる。

寝ていても大きさを失わない巨大な乳房の先端も、硬く尖りきっていた。

「亜美ママの、ここのお口、もうヨダレを垂らしてるね」

「いっ、言わないで、あああ……」

ぱっくりと開いて愛液を溢れさせる膣口を覗き込んで、ジョゼが笑った。

恥じらいに顔を赤くする亜美だが、もう強い抵抗をしようという気持ちも失《う》せ、ただ切なげに顔を横に伏せるだけとなっていた。

「亜美ママのジュースを、飲んじゃうよ」

そう言って笑った少年は、だらだらと大量の愛液を溢れさせている亜美の膣口に舌を差し入れてきた。

「ジョゼくん、あっ、そんなことしたら、ああっ、汚い、ああっ」

身体が大きい分、長めの彼の舌が亜美の媚肉の中を掻き回す。中まで舐められるのは初めてで、亜美は腰を引き攣らせて声をあげた。

「亜美ママの身体で、汚いところなんかないよ。んんんん」

ジョゼは勢いのままに、膣内を激しく舐めつづける。亜美の媚肉はそれを歓迎するかのように、愛液を溢れさせながら開いていった。

「あああっ、そんなふうに、あっ、ああっ、はあああん」

もう抵抗の気持ちも忘れ、亜美は肉感的な下半身をよじらせてよがり泣く。

軟体動物が、自分の膣内を這い回るような感覚。それが異様でもあり、心地よくもあった。

「ふふ、ここも、ヒクヒクしてるよ」

いったん膣内から舌を引き抜いたジョゼは、膣口を濡らす愛液を指で掬《すく》い取り、その下にある薄茶色のすぼまりを揉んできた。

「ひっ、ひあっ！　なにをしてるの、そこは、はああっ！」

よもや触れられるとは思っていなかった場所を太い指でまさぐられ、亜美は悲鳴をあげた。

生まれたときからずっと、排泄のために存在すると思っていたそこを指で押されて、亜美は激しく狼狽えていた。

「僕の国じゃ、アナルもセックスする場所のひとつだよ。パパさんは、なにもしてくれなかったのかな？」

本気で不思議そうな顔をしたジョゼは、亜美の愛液に濡れた指を強めに押し出し、アナルを拡げてきた。

「ひっ、いやっ！　なにをしてるの、ああっ、おかしなことしちゃだめ、ああっ！」

アナルを遡《さかのぼ》ってくる指の感触に、亜美は目を見開いて懸命に首を横に振った。

ここを淫らな行為に使うなど、想像すらしたことがなかった。

「へえー、じゃあ、亜美ママのアナルは、バージンなんだね？」

ジョゼはニヤリと笑うと、もう第二関節まで亜美の中に入れた指を動かしてきた。

「ああっ、ジョゼくん、ここは、そんなことする場所じゃ……ああっ、くう！」

アナルでの行為を当たり前のように考えている少年が、亜美は恐ろしい。

ただ褐色の指がピストンを繰り返し、肛肉が開閉を繰り返すと、苦痛とは違う感覚がわきあがってきた。

「くううん、ああっ、だめえ……ああっ、抜いて、あああっ！」

異様なその感覚に、亜美は強烈な背徳感を覚えていた。肉体全体がジーンと痺れていき、手脚が勝手にクネクネと動きだす。

セピアの肛肉が外にめくれると、奇妙な解放感まであり、亜美はもう息子に聞こえるかもしれないという恐怖も忘れて、ひたすらに喘ぐのだ。

「お願いいいい！　あっ、あああっ、くううう……」

仰向けの身体の上で小山のように膨らんだ乳房を揺らし、亜美は懸命に哀願した。

「ふふ、まあ、徐々に馴らしたらいいか」

息を詰まらせて訴える亜美にジョゼは笑顔で言うと、指をゆっくりと引き抜いた。

「うっ！　あっ、あああ……」

最後に大きく肛肉が開かれ亜美はのけぞって喘いだあと、ぐったりとベッドにその身を投げ出した。

アナルから感じる解放感にほっとしているが、どこか残念な思いも抱えていた。

「今度は、亜美ママが、僕のをお口で愛してよ」

ジョゼはそう言うと、ベッドに脚を投げ出し両手を後ろについて座った。

すでにその巨大な逸物は天井を向いて反り返り、明々《あかあか》と照らされた照明が反射して不気味なてかりを見せていた。

「わ、わかったわ……」

素直に頷いた亜美は開かれたジョゼの脚の間で白い身体を折ると、はち切れそうなくらいに膨らんでいる亀頭に舌を這わせた。

アナル責めで自分の中にわきあがった、複雑な感情を振り払うように必死だった。

「うう、んん、んく、んんんん、んんんん」

熟れた桃尻を後ろに突き出したまま、亜美は激しく舌を動かして亀頭のエラや裏筋を丁寧に舐めていく。

唾液の音を響かせながら、大きく舌を動かして愛撫していく。

(ああ……すごい匂い……とっても硬い……)

すでにジョゼの先端からは薄い白濁液が溢れていて、その強い香りや苦みが舌を通して伝わってくる。

もう亜美はそれに嫌悪を感じることどころか、心まで熱くなって舌で舐めとる。

「ああ、亜美ママ、すごいよ、うう、気持ちいい！」

快感の声をあげるジョゼのほうを見ながら、亜美は丸めた身体まで大胆に動かして、亀頭だけなく竿や玉袋まで舌を這わせていく。

巨大な剛直の逞しさに魅入られ、彼の呻《うめ》き声すら心地よかった。

「んん……んあ」

まるで自分の唾液を塗り込めるように、巨根をひとしきり舐めたあと、亜美は満を持したように唇を大きく開いた。

そして口を、直立するそれに被せるようにして呑み込んでいく。

「ああ、亜美ママ！」

亀頭が亜美の口内に吸い込まれると、ジョゼは後ろに手をついて、支えている身体をのけぞらせて快感に酔っている。

最初は顎が裂けるかと思った巨大な彼の逸物だが、毎日のように舐めるうちに、苦痛を感じることはほとんどなくなっている。

「んんんん……んく……んんんんん」

そのかわりに、この怒張が自分の口内を埋めつくしていることに、亜美は満たされる思いを持つようになっていた。

強い牡の肉棒に、自分が支配されるのを望んでいるというのか。恐ろしくは思うが、怒張の大きさと硬さが、それを押し流していった。

「ううっ、んんんん、んくうう、んん」

思いが昂ってくると、自然と奥まで亀頭を呑み込んでしまう。そして、喉奥をエラが擦ってむせかえりそうになるのもかまわずに、亜美は大胆に頭を動かした。

「ねえ、亜美ママ、そのままお尻をあげて、しゃぶってよ。そのほうが、興奮する」

息を荒くしているジョゼが、そう呟いた。

(こうすればいいのかしら?)

土下座をするようなポーズでフェラチオしている亜美は、彼の要求の意味がよくわからないまま、怒張を含んだまま四つん這いになった。

するとジョゼは、もっとそうするように要求してきた。

「んん、んんんん」

肉棒の硬さに魅入られている亜美は、言われるがままに脚を伸ばして、下半身を浮かせていく。

ベッドの弾力があるので、バランスをとるために両手を彼の太腿に置き、両脚を大胆に開いた。

「おお! すごいよ、亜美ママ、セクシーだよ」

ヒップを上に掲げて両脚を伸ばし、頭は彼の股間に向かって下げている。

小さな子供が親にお尻を拭いてもらうときと同じような、恥ずかしいポーズだ。

(どうせいつも、似たような格好をさせられるし……)

ときには亜美が、床に両腕をついて四つん這いのまま脚を伸ばし、いまと同じようなポーズでジョゼに貫かれることもある。

フェラチオをするのに、なぜこんな不自由なポーズを取らせるのかという疑問はあるが、いまは喉奥まで満たしている巨根を思う存分味わいたい。

「んんん、んんんん、んんんん」

腕で自分の身体を支えながら、亜美は大胆に頭を動かして怒張をしゃぶりだした。

「な、なにやってんだ！　母さん……」

ジョゼは、尚太がぐっすり寝ていると言っていたが、最初から眠ってなどいない。

尚太は自室の机の前に座り、ノートパソコンの画面を食い入るように見つめていた。

「あの母さんが……ジョゼのものを」

優しくて息子思いの母、それがいまはベッドの上で、お尻を持ちあげて大胆に両脚を開き、斜めになった上半身の下で乳房を揺らしながら、一心不乱にフェラチオをしている。

その様子を真横から撮影した動画を、いま尚太は見ている。なにより驚くのは、息子でさえも愛らしさを感じる顔立ちの母が、唇を裂けそうなくらいに開いて、怒張をしゃぶっている姿だ。

（なんで……そんなに、おいしそうに……）

中学生で、もちろん女性経験などない尚太の目から見ても、母の瞳はうっとりと潤んでいる。

排尿をする男のモノをしゃぶって悦ぶ母。それが現実だとは、受け入れられない。

「ふふ、お尻揺らして、どうしたの？」

スピーカーから親友の声が聞こえてきた。母の顔に集中していた尚太がはっとなってそこを見ると、横から見てもわかるくらいに母の桃尻が揺れていた。

「ええっ」

慌てて尚太は、四台仕込んでいるカメラの動画を切り替える。ジョゼはカメラの場所を意識して母にポーズを取らせているようで、一台のカメラが母の掲げられた桃尻を正面からとらえていた。

「うっ、うわっ！」

真っ白で染みひとつない豊満なヒップと、ふくよかな太腿の裏が大写しになった。割れた尻たぶの中央に佇《たたず》む、初めて目にする母の女の部分。それを見た瞬間、尚太は声をあげてイスから落ちそうになった。

濃いめのピンク色をした淫唇から色素が薄くなる中央部まで、大量の粘液がまとわりついて、ヌラヌラと淫靡に輝いている。

そして大きく門を開いてる膣口の中に、肉厚の媚肉がウネウネと動き回っている。

「い、生きてるみたいだ……」

ピンクの肉が上下左右からひしめきあい、愛液の糸を引きながらうごめいている。

その姿は軟体動物を思わせ、尚太の目は釘付けになった。

「もう、欲しいんだね、亜美ママ。入れようか？」

ジョゼがさっき言ったとおり、脚を開いて掲げられたヒップも、ずっと切なげにくねっている。

その言葉をかけられると、母はなにも言わず肉棒から顔をあげた。

「母さん……」

もう尚太の存在も忘れているのか、瞳を妖しく潤ませてジョゼを見つめる母。

四台のカメラを切り替えながら尚太は、牝となった母を食い入るように見つめた。

「あっ、あああ、ああっ、いやっ、ああっ、ああああっ！」

奇妙なポーズでフェラチオをしたあと、コンドームを装着したジョゼの肉棒を亜美はその身に受け入れていた。

同じように脚を開いてベッドに座ったジョゼに背中を向けて跨がる背面座位の体位で、亜美は淫らに喘いでいた。

「亜美ママ、すごくエッチな音してるよ」

自分の股間に熟れたヒップを乗せた亜美の両膝を持ちあげて開脚させ、ジョゼは上下に揺らす。

小柄な身体が座る彼の股間の上で大きくバウンドし、怒張が濡れた膣奥に食い込んで音を立てていた。

「はうっ、ああっ、言わないで……あっ、ああ、あああっ！」

ジョゼの腕はリズムよく亜美の身体を揺らし、Hカップのバストがワンテンポ遅れて波を打つ。

フェラチオをしながら、熱くなっていた媚肉を満たしつくす巨根に亜美は身を任せ、もうされるがままに喘いでいた。

「あっ、ああっ、奥……だめ、あああっ、はあああん！」

さらにジョゼは、たまに腰を回して膣奥をこね回してくる。すると子宮が痺れるような快感がわきあがって、亜美は大声でよがり泣いた。

（ああ……こんな恥ずかしい格好をしているのに、すごく感じてる……）

もう亜美は、自分が牝となっていることを否定する思いもわかなかった。頭の芯まで蕩けているような感覚で、なにかを考えるのもつらい状態だ。

ふと目線を下にやると大きく開かれた両脚の中央で、自分の女の肉が野太い怒張を深々と呑み込んでいる。

「ああああっ、だめっ、ああっ、はあああん、あああああん！」

ヨダレのように愛液を垂れ流し、黒い怒張が出入りするたびに柔軟な収縮を繰り返す膣口。それが自分の身体だと思うと、情けなくなってくる。

ただそのつらさを覚えるたびに背中がぞくりと震え、さらに身体が熱くなった。

「私、ああっ、あああ、いやっ、あああ、あああああっ！」

ジョゼはときおり亀頭で奥を掻き回す動きを見せるものの、それ以外はゆっくりとしたペースで亜美を突いてくる。

たまにジョゼは、これをやってくる。亜美の肉欲を煽るように焦らしてくるのだ。

「あああっ、ジョゼくん、あっ、ああっ、はああん！」

それを頭でわかっていても、腰が勝手に動いてしまう。切ない喘ぎを繰り返しながら、亜美は熟乳を揺らして焦燥感にたまらず背中をのけぞらせた。

「上になるかい？　亜美ママ」

後ろからジョゼの囁く声が聞こえてきて、身体を揺らす手が止まった。

なにも言わずに頷いた亜美の心からはもう、息子にばれたらどうしようという怯えや不安は消えていた。


（こんなに、でかいのが入っているのに……気持ちよさそうに……）

背面座位で両脚を開き、自分のモノとは比べものにならない巨大な肉棒を胎内に受け入れ、顔を歪ませる母。

母の小柄な身体の中にこん棒のような逸物が入っているのも驚きだが、痛がるどころか、アダルト動画の女優さながらに喘ぐ姿にはもっと驚愕した。

「なんて、エロいんだ……」

汗ばんだ乳房を揺らし、明々と照らされた電灯の下で自分を抑えることなく、快感に浸りきる淫らな牝。

いつも明るい母の笑顔が尚太の頭によぎるが、まさに別人としか思えない。

「母さん……ああ……」

瞳を虚ろにしてずっと唇を半開きにした美熟女のよがり顔を見つめながら、尚太は自分の肉棒をしごきはじめていた。

母親を相手にオナニーをするなど、許されないとわかっていても、尚太は手を止められなかった。

「あ……うん……」

画面の中でジョゼがなにか囁いたあと、亜美が頷いて二人の動きが止まった。

そのまま身体が離れていく、媚肉から肉棒が抜け落ちた。

「さあ、自分で呑み込むんだよ、亜美ママ」

ジョゼはベッドに仰向けに身体を投げ出して、ニヤリと笑った。

なにもそれに答えずに母はゆっくりと身体を起こして、コンドームが装着されたそそり勃《た》つ逸物の上に跨がった。

「うっ、くううう……」

悔しさと興奮に胸を掻きむしられながら、尚太は懸命に右手を動かしていた。

「あああっ、ああっ、硬い！　んんん、あっ、はあああん！」

もうとくにためらう気持ちもなく、亜美は大きく実った桃尻を屹立する怒張に向かって下ろしていく。

収まることを知らないかのように、疼きつづける媚肉を巨大な亀頭が割り開くと同時に、亜美は白い背中をのけぞらせて喘いだ。

「自分で動いて、亜美ママ」

「あっ、ああ、うん……ああっ、あああっ！」

まるで催眠術にでもかかったかのように力なく頷いた亜美は、小柄な身体を彼の腰の上でバウンドさせた。

大きく前に突き出た感じの熟乳がブルブルと弾み、ベッドが音を立てた。

「あっ、はああああん、ああああっ、あああああん！」

亜美は無意識に膣奥で一番感じる場所に肉棒をあてがい、腰をくねらせていた。

頭の先まで一気に快感に痺れ落ち、意識に靄《もや》がかかったかのような感覚に陥った。

「僕のチ×チン、気持ちいい？」

ジョゼはまったく動かないまま、下から亜美を見あげて語りかけてきた。

「ああっ、ああっ、いいっ！　あああ、すごく、あっ、ああああっ！」

もうなんの抵抗もなく、亜美は快感を口にしていた。心のどこかでまだいけないという気持ちはあるが、身を溶かすような快美感がすべてを奪う。

「もっと、気持ちよくなれるよ、亜美ママ。脚を開いて、身体を大きく揺すって」

さらにジョゼは命令し、長い腕を伸ばして亜美の脚を押してきた。

「あっ、はあん、こんな格好恥ずかしい……あああっ、ああああん！」

恥じらいに身体をくねらせてはいるが、操られるように亜美は肉感的な白い太腿を彼の腰の上でがに股に開いた。

そして脚に力を込めて、身体を持ちあげては落とす動作を繰り返した。

「あっ、あああん、はあぁ、これだめ……あああっ、あああああん！」

熟れたヒップが大きく上下動して叩きつけられる。そのたびに背中を電流のような快感が突き抜け、亜美はひたすらによがり泣く。

大きな瞳は完全に蕩けて濡れ、身体の前では白い二つの熟乳が千切れんばかりに弾んでいる。

「あああっ、私……ああっ、すごく感じて……ああっ、あああああっ！」

電灯に照らされた寝室に、自分のよがり声と肉と肉がぶつかる音が響き渡る。

耳からも刺激を受けながら亜美は、いつしか淫らに堕《お》ちていく自分にも酔いしれていた。

「あああっ、はあああん、もうだめっ！　あああっ、イッ、イクわ、ああっ！」

力士が腰を落としたときと同じポーズで、亜美はひたすらにお尻を振りたてる。

燃えあがる身体と心はもう止まらず、野太い亀頭を膣奥に味わいながら頂点に向かっていった。

「いいよ、イッてよ、亜美ママ。イクときの顔を、ちゃんと見ててあげる」

ジョゼは頭の後ろで手を組んだまま、ただじっと身を任せている。

まるで観客のような態度の彼に見つめられるみじめさに、心が掻きむしられた。

「いやっ、あああっ、恥ずかしい！　ああっ、でもイク、イクわ、あああっ！」

ただもう亜美は、止まらない。狂ったように頭を何度も横に振りながら、頂点へと向かった。

「あああっ、イク、イクうううう！」

汗ばんだ背中を弓なりにして、亜美は男に跨がる身体を痙攣させる。

乳房を大きく波を打たせながら、最後はさらに肉棒を奥に食い込まそうと腰を押し出していた。

「ああ……ジョゼくん！　あっ、あああああっ！」

そんな自分をじっと見つめる少年の目線を感じながら、亜美は何度もわきあがってくるエクスタシーの波に溺れていった。

「な、なんて格好だよ。これじゃ、ケモノじゃないか」

ノートパソコンの画面の中で、母は両脚をがに股にしてジョゼの肉棒を貪《むさぼ》っている。

ジョゼがまったく動いていないのが、淫らさをより強調していた。

「こんなに、夢中になって……」

母の淫蕩さを尚太に見せつけるために、ジョゼがわざと自分は動かずにいることはわかっている。

ただそれでも尚太は、母の見たくもなかった牝の一面に驚愕していた。

「でも……なんてエロいんだ……」

自分の同級生に思うさま操られ、女の欲情を剝き出しにしている母に腹立たしさを覚える尚太だったが、股間のほうはさらに硬くなりはち切れそうに昂った。

「ああああん、もうだめ！　ああっ、イク、イクわ！」

母の切羽詰まった声を聞きながら、尚太はいつしか夢中で肉棒をしごく。

「はあああん、イク、イクううううう！」

そして母は絶叫とともに、がに股に脚を開いた身体をのけぞらせた。

ノートパソコンのスピーカーから聞こえてくる母の声に被って、ドアの向こうから生の叫びがかすかに聞こえてきた
「くうう、ううっ！」

肉棒をしごく手にぐっと力を込めて呻き声をあげた尚太だったが、射精寸前で手を止めた。

ギリギリで、母で抜いてはいけないという気持ちが働いたのだ。

「はあ、はあ……」

もうあとひと擦りで出るギリギリのタイミングで理性を保ちながら、尚太はイスで背中を丸めたまま、顔だけを起こして画面を見た。

「ああ……はあん……ああ……」

映像の中の母も、苦しげに呼吸を弾ませている。ただあちらが尚太と違うのは、エクスタシーを極めたことによる満足感に酔いしれ、恍惚と瞳を潤ませていることだ。

汗ばんだ太腿も、いまだがに股に開いたまま閉じることもせず、ぱっくりと割れたピンクの肉裂には、深々とどす黒い逸物が食い込んでいた。

「すごかったよ、亜美ママ。ねえ、今度は僕が動いてあげる。どんな体位がいいかな？」

もう息も絶えだえと言った感じで、乳房をフルフルと揺らしている母に、ジョゼは寝たまま言った。

「まっ、まだする、つもりなのか？」

腕や肩をだらりとした母は、もう精根尽き果てた感じがする。それなのに、当たり前のように続きがあるように語りかけるジョゼに、尚太は目を見開いた。

（でも……そんなの、母さんが……）

いくらジョゼがその気でも、母が受け入れるはずがない。ここまでの痴態を見せつけられても、まだ尚太は母が拒否するだろうと期待のような気持ちを抱いていた。

「あ……うん……抱っこが、いい……」

尚太のその思いに反し、母はうっとりとした表情を浮かべると、蕩けた瞳を下にいるジョゼに向けた。

ジョゼも「オッケー」と言って、身体を起こす。

「う、嘘だ！　あれは母さんじゃ、ああ、ない……」

いつもの世話焼きで明るい母の顔が、尚太の頭によぎる。その母の姿と、画面の中で起きあがったジョゼの肩を摑む女とのギャップに、心が締めつけられる。聞いたことがないような甘えた声と、うっとりとした顔。先ほどの絶頂した表情よりも、こちらのほうに尚太は強いショックを受けていた。

「か、母さん……」

パジャマの中でいまだ勃起したままの肉棒を握り、尚太はフラフラと立ちあがった。

「あっ、あふん！　奥、あああっ、ああああっ！」

ジョゼと向かいあい、彼の肉棒を深々と受け入れた亜美は、虚ろな意識のなかで快感に酔いしれていた。

己の牝の本性を剝き出しにし、Hカップのバストを波打たせながら、膣奥を突きあげる巨根にすべてを委ねていた。

（ああ……たまらない……これ、大きすぎる……）

騎乗位で自ら腰を振ってイキ果てた結果、亜美はまた新たな自分を自覚させられた思いだった。

ジョゼの、この鉄のように硬い巨根。それで自分を滅茶苦茶にされたい、全部壊されて翻弄されたいという、マゾ的とも言える願望がわきあがるのだ。

「ああっ、あああ、ジョゼくん！　ああっ、はあああん！」

息子がひとつ屋根の下にいることを忘れたわけではない。もしばれたら、取り返しのつかない事態になるのもわかっている。

なのにどこかそれを望むような気持ちを、亜美は持ちはじめていた。

（だめ……それだけは……）

ただ息子の尚太を、母として思う気持ちも強い。父親の重婚で傷ついているはずの彼を、これ以上苦しめるのは許されない。

反発する二つの思いに囚われもがく亜美は、それを忘れるように膣奥を突きつづける怒張に浸ろうとしていた。

「亜美ママ、今日は特別に、エッチな顔してるね。尚太がいるから、興奮してるのかな？」

ジョゼは自分の膝の上に乗せた美熟女の桃尻を摑みながら、白い歯を見せて笑う。

この褐色の少年は、本当に亜美の変化を敏感に感じ取る。十代前半とは思えないくらいに女慣れしている彼に、いつかすべてを奪われてしまう。そんな気持ちを亜美は持ってしまった。

「ああっ、ジョゼくん！　ああん、もっと、強く！」

それが恐ろしくて、亜美はジョゼの肩を摑んで自ら腰を前に突き出した。

頭の芯まで痺れるような快感、それがすべての不安を押し流してくれる気がした。

「こう？　亜美ママ」

ジョゼはベッドのバネを利用すると、勢いよく怒張を突きあげた。

「あっ、あああああっ！　そ、そこっ、ああああん！」

もう尚太の部屋どころか、外まで聞こえているかと思うような絶叫を響かせて、亜美はジョゼの肩を摑んだまま背中を弓なりにした。

たわわな熟乳が大きく弾み、対面座位の格好で彼の腰に回されている二本の白い太腿がビクビクと震える。

ただその突きあげは一回だけで、連続してはこなかった。

「ど、どうして……ああ……」

半開きの唇から荒い息を吐き、瞳をうっとりと潤ませたまま、亜美は正対する褐色の少年を見た。

膣奥が強く疼き、無意識に腰が動いてしまっていた。

「質問に答えてよ、亜美ママ。そうしたら、思いっきり、ついてあげる」

いつもの少し変な発音の日本語でそう言いながら、ジョゼはゆっくりと肉棒を上下させてきた。

「あっ、ああ……な、なに？」

最初のころなら、それならもう抜いてほしいと言っていたかもしれない。

でももういまの亜美には、そんな気持ちなど微塵《みじん》も浮かばず、焦らすようなピストンに切なく瞳を潤ませるだけけた。

「ねえ、パパさんと僕と、どっちが好き？」

ほどよく引き締まった亜美の腰を摑んで固定したジョゼは、笑顔で聞いてきた。

「あ、あん、それは……ああ……どうして、そんなこと聞くの？」

思ってもみなかった質問に、亜美は驚いて目を見開いた。重婚をした夫に対して持つ複雑な感情を、ジョゼとセックスしているときは忘れられる。

ただ夫も、一度はすべてを捧げて愛した人だ。だからどちらと聞かれても、亜美は即答ができなかった。

「ふふ、じゃあ、質問を変えるよ。尚太と僕と、どっちが好き？」

この恐ろしい少年は、亜美の心の中の戸惑いまで見抜いてしまっているのか。したり顔で笑ったあと、問いを変えてきた。

「ぜっ、絶対に、尚ちゃんよ！　あの子より大切なものなんて、この世にないから」

曖昧だったさっきと違い、亜美は声色《こわいろ》をはっきりとさせて返事をした。

お腹を痛めて産んだ尚太より、なにかを大事に思うなどありえないと言える。いくら、彼を悲しませるようなまねばかりしていても。

「ふふ、亜美ママと尚太の、愛はすごいね。ふふ、じゃあ、これはどうかな？」

尚太に関しては、それほど深く考えた質問ではなかったのだろうか。ジョゼは軽い調子で言ったあと、亜美の腰を強く抱き寄せ肉棒を動かした。

「あああっ、はあああん！　ああっ、奥、ああっ、いいっ！」

焦らされて子宮や子宮口が降りているのか、巨大な怒張がいつもよりもさらに深く入ってきたように感じる。

強い快感に目を泳がせる亜美を、ジョゼはリズムよく突きはじめた。

「ああっ、はうっ！　あああっ、すごっ、ああっ、ああああっ！」

たわわな熟乳を波打たせ、色素が薄い乳首を躍らせながら、亜美は懸命にジョゼの逞しい肩を摑んでよがり泣く。

肉棒は休まずに膣奥を強くピストンし、絶え間ない快美感に亜美は身も心も満たされていった。

「ねえ、僕のセックス、パパさんのと比べてどう？」

まだ質問は続いているようで、ジョゼは自分の目の前で唇を割り開いて目を虚ろにする美熟女に問いかけてきた。

「ああっ、あああああん、比べられないくらい、いいっ！　ああっ、気持ちいいの！」

快感に意識まで痺れさせている亜美は、ためらいもなくそう答えた。

なにかを考える余裕もないままに、本音を吐露《とろ》する。

「僕のおチ×チンと、パパさんのおチ×チン、どっち好き?」

「はあああん、ジョゼくんの! あああっ、大きくて硬くて、ああん! いつも、私をイカせてくれる、このおチ×チンが好き!」

「僕のおチ×チン、素敵って叫んで」

無邪気な言葉とともにジョゼは、亜美の赤く染まった身体をさらに激しく突き、亀頭の先端で掻き回してきた。

「ああああっ、ジョゼくんの、おチ×チン素敵よ! ああっ、最高に素敵なの!」

要求された以上の言葉を口にしながら、亜美は彼の首に懸命にしがみついた。

「ああっ、もう私、イクわ! あああっ、大好きなジョゼくんの、おチ×チンで、イクう!」

たわわな乳房を、褐色の少年の胸に押しつけるようにして抱きついた母が、限界の叫びをあげた。

「母さん、くう、うううう!」

その様子を少し開いていた寝室のドアから覗きながら、尚太は自分の肉棒を強くしごいていた。

よがり狂う母は気がついていないが、ジョゼはここに尚太がいることに気がついていて、チラチラと目を向けながら質問していた。

(おチ×チン、おチ×チンって……)

自分のことが一番だとはっきり言ってくれたことは嬉しかったが、そのあと狂ったように淫語を連発する、淫婦となった母。

そのケモノじみた姿に、尚太は肉棒を擦る手が止まらない。

(なんでチ×チンが、そんなに好きなんだよ……くう)

乱れに乱れる母を侮蔑《ぶべつ》する気持ちと、同い年の少年に大切な人を奪われた嫉妬の感情。それらが混ざりあう感覚のなかで、尚太は異様な興奮に包まれていった。

「あっ、あああああん、ああっ、イク！　またイク、あああああっ！」

ベッドに座ったまま身体を揺らすジョゼの上で、母は汗ばんだ身体をのけぞらせて恍惚と瞳を彷徨わせている。

怒りと同時に、男の肉棒というものはここまで女を狂わせるものなのかと、尚太は思っていた。

(いやらしすぎるっ！)

そんな感情を抱くと、わずか数メートル先で双乳を揺らして喘ぎまくる牝が、欲望の対象にしか見えなくなる。

先ほど自室ではブレーキがかかった右手は、もう止まらなかった。

「あああっ、イクうううううう！」

まさに雄叫びといっていい絶頂を告げる声を響かせ、母は両腕と両脚で目の前のジョゼの褐色の身体にしがみついた。

白い肌がビクビクと震え、唇は苦しげに開閉しているのに、潤んだ大きな瞳だけは満足げだ。

「ううっ、うくうう、僕も、イクよ、亜美ママ！」

ジョゼも母の腰を抱きしめたまま達したようだ。彼が歯を食いしばるのと同時に、尚太も自分の手の中で果てた。

（ああ……）

いままでのオナニーでは感じたことがない強い快感に、膝と腰がガクガクと震える。

尚太はもう脳まで蕩けていくような感覚のなかで何度も射精し、熱い精液を廊下に滴らせた。

「うう……か、母さん……」

やがて射精の発作は収まったが、まだ頭は痺れた感じで、尚太は虚ろな言葉を口走りながら自室に向かって歩きだした。

このままここにいてはいけないという無意識での行動で、肉棒を握りしめたままフラフラと歩いていく。

そのあとには、ぶちまけられた大量の精液が液だまりを作っていた。

「ふう、尚太にばれないように、これ中身を捨ててから、台所のゴミ箱に入れるね」

エクスタシーの余韻に震えている亜美の身体をベッドに横たわらせ、ジョゼは自分の逸物からコンドームを抜き取った。

驚くくらいに大量の濃い精液で先端部が膨らんでいるそれを手に、ジョゼはベッドを降りた。

「あっ、ああ……うん……」

もう精も根も尽き果てた感覚の亜美は、全裸で身体を隠すこともせずに、ぐったりとベッドに横たわっていた。

まだ息が苦しいくらいだが、心は妙に満たされた感じがする。

（あんなに……たくさん、出したんだ……）

そして亜美は、彼が指で摘まんでぶら下げている、使用済みコンドームを満たしている精液の量の多さに魅入られていた。

あれをもし中で出されていたらと思うと、背中がぞくりとした。それが恐怖によるものなのか、それとも強い牡の精を望む女の本能からなのかは、自分でもわからなかった。

「あっ！」

そんな感情に囚われながら、ぼんやりと宙を見つめていた亜美の耳に、ジョゼが驚くような声が聞こえてきた。

「どっ、どうしたの？」

まさか尚太がという思いが頭によぎり、亜美は慌てて身体を起こした。

「コンドームの中の精子、こぼしちゃった。テッシュもらうね、亜美ママ」

焦る亜美のほうを振り返り、ジョゼは茶目《ちゃめ》っ気たっぷりに笑った。

彼の足元の廊下のフローリングには、大量の白濁した粘液がぶちまけられている。

「う、うん……ごめんね……」

ほっとする気持ちになると、亜美はさらに身体の力が抜け、ベッドに再びその身を横たえて目を閉じた。

第五章　牝犬に堕ちた熟乳ママ

『亜美ママの大丈夫な日って、土曜日だよね？　ちょうどうちのパパは、十日間出張でいないんだ。泊まりにおいでよ』

ある日の午後、夕飯の買い物を終えて自宅に戻ると、ジョゼからメールの着信があった。

亜美はジョゼの要望で、毎日基礎体温を測っていた。

妊娠しやすい日は、コンドームを着けても危険があるからと彼は言い、実際にその日の前後は亜美を抱きには来なかった。

「泊まるなんて……無理よ」

その反面、中出しをされても妊娠しない日も、彼に把握されている。メールの文面を見て、亜美は玄関で一人呟いた。

息子を置いて泊まりに行くなどできるはずもないし、それに二人きりの状態ということは、一晩中彼の巨根で弄《もてあそ》ばれるということだ。

「あっ……いやっ……」

一糸まとわぬ姿で、あの褐色の少年の巨根に狂わされると想像したとき、膣奥や子宮が強く疼いて亜美は身体を震わせた。

「ああ……だめ……」

その場にへなへなとへたり込み、亜美は瞳に涙を浮かべた。先日、彼が泊まりにきた際は、息子の存在もいつしか忘れてよがり狂った。

翌朝、いつもどおりだった息子にほっとしながらも、自分の罪深さに胸が張り裂けそうだった。

「もう、こんなこと、やめないと……」

両手で顔を覆って、亜美はこのままでは本当にすべてが破滅してしまうと思った。

なんとかして、ジョゼとの関係を断ち切らなければ。

『たくさん、中出しセックスできるね。ねえ、亜美ママ、返事ちょうだい』

そんな亜美の気持ちになど気がついていないジョゼは、連続してメールを送りつけてきた。

彼の無邪気な態度と、凶悪なセックスとのギャップが恐ろしい。

（次で、最後に……）

今回はジョゼの要求に答えよう。ただしその一夜が最後だと、条件を付けようと亜美は決めた。ジョゼはきっと安全日だから生でしたいというだろうから、交換条件として、このただれた関係を終わりにさせるのだ。

（いよいよ、コンドームを着けずに……）

ジョゼとは最初の日以外は、すべて避妊具を装着してのセックスだった。異常なくらいのタフさを誇る褐色の少年は、生の肉棒できっと朝まで自分を犯し抜くだろう。

「そっ、それが最後……」

恐怖心と、身も心も溶かすような快感への期待感。相反する二つの感情に指を震わせながら、亜美は返信を始めた。

「本当に、おばあちゃんのところに行かなくていいの？」

朝食をいっしょに食べながら、亜美が心配そうに聞いてきた。

「大丈夫だよ、一晩くらい。もう小学生じゃないんだから」

一昨日、母から翻訳の仕事の打ち合わせで、一泊二日の出張に行かなければならないと告げられた。

それが嘘であり、ジョゼの家に泊まるための口実だと尚太は知っていた。

（きっと、一晩中やりまくるんだ、ジョゼと……）

いまはまだ部屋着姿で食卓の対面に座っている母だが、緩い服を着ていても豊かなバストの膨らみが目立っていた。

母のイキ顔を見て射精して以降、尚太はこの肉体を、女としてしか見られなくなっていた。

「本当に大丈夫？　心配だわ……」

ジョゼが親子の間に割り入ってくる前と同じ顔で、母は息子を心配している。

嘘をついてまで男に抱かれに行くというのに、どうしていつもと同じでいられるのだろう。大人はみんなそうなのか、それとも母は尚太が知らないだけで、本性はとんでもない悪女なのか。

（僕ね……全部知っているんだよ、母さん）

もしここですべてぶちまけたら、母はどんな顔をするだろうか。ふとそんな考えが頭に浮かぶが、尚太は言葉を飲み込んだ。

（今日は、どんな顔をするんだろう？）

もう尚太は、母の痴態に魅入られていた。自分がもの心ついたころから清楚で優しかった母が、別人のように顔を蕩けさせてよがり狂うギャップが心を捉えてはなさい。こうしてふだんと同じ母を見ているだけでも、ムラムラと心がざわつく。

（全部、見てあげるよ、母さん……）

今日の夜、尚太はジョゼに家に来るように誘われている。もちろん、母にばれないようにだ。

彼の家はもともと祖父母が住んでいた二階建てのかなり大きめの家で、尚太もお邪魔したことがあるが、部屋数も多いから誰か隠れていてもすぐに気づかれたりはしないだろう。

ジョゼは二階にある部屋で行為をすると言い、尚太が見たかったら一階の和室のサッシを開けておくので、こっそり入ってこいと告げてきた。

「じゃあ、私は出かける準備するね……」

夜のことを考えていたとき、母の声が聞こえて来て尚太は顔をあげた。

「う、うん、気をつけて……」

微笑む母は一見いつものように見えるが、頬は赤く上気し大きな瞳もなんだか妖しげに潤んでいた。

尚太はごくりと唾を飲み込み、股間のモノを硬くするのだった。


「あっ、いやっ、ジョゼくん、ちょっと離して……」

お昼前にジョゼの自宅を訪れた亜美を、彼はいきなり後ろから抱きしめてきた。

自宅の倍以上の広さがあり、家具も高級な感じのするリビングに、亜美の悲鳴にも似た声が響いた。

「ちょっと、お話ししましょう……メールにも書いたけど、今日で最後にして」

彼の太い腕の中で、亜美はブラウスに膝丈のスカート姿の身体をねじって、顔を後ろに向けた。

メールには、今日ここに泊まるかわりに、もう終わりにしてほしいと書いた。彼はそれに対して、ちゃんと話しあいをしようと言ってきた。

(あ……いや……)

抵抗する亜美を、ジョゼは強く抱きしめてきた。彼の厚い胸板が自分の背中にあたると、胸の奥が締めつけられる。

亜美はそんな自分がいやで仕方がないが、自然と膝の力が抜けていく。

「うん。でもその前に、僕がどれだけ亜美ママを愛しているか、知ってほしいんだ」

褐色の彫りの深い顔をじっと亜美に向けて、ジョゼは静かに言った。

「あ、愛してるって、そんな……」

彼の真剣な眼差しに亜美は心がざわつき、いけないと思い視線を外した。このままだと、取り込まれてしまうような気がして怖かったのだ。

「今日は、僕の恋人になってよ、亜美ママ。嘘でもいいから、愛して。そうしたら、明日の朝、ちゃんと話をするから」

ジョゼは戸惑う亜美の顎を持つと、唇を重ねてきた。

「ん、ん、んんんん……んんんん」

すぐに熱い舌が入ってきて、亜美の口内を掻き回す。これも夫とはまるで違って、情熱的でねっとりとしたキスだ。

彼の唾液はなぜか甘く、亜美はもう膝から力が抜けて立っているのもつらかった。

「んんん……んく……ん……ぷはっ、絶対よ、明日の朝、ちゃんと話しをして」

ジョゼは無表情で見つめている。まだ子供の彼らしく、面倒くさいことを先送りにしているだけにも思えるし、明日すべてを終わらせることを約束したわけでもない。

ただ亜美はもう冷静な判断ができないくらいに、頭がぼんやりとしていた。

「オッケー、じゃあ亜美ママは、いまから僕の恋人だ。愛してるって、言って」

ジョゼは嬉しそうに笑うと、再び亜美の濡れた唇に顔を近づけてきた。

「あ……愛してるわ、ジョゼくん。んんんん」

自分でも信じられないくらいに、抵抗なくその言葉を口にした亜美は、再びジョゼの舌技に身を委ねた。


「すごく似合うよ、亜美ママ」

リビングにある大きなソファに座ったジョゼの前で、亜美は下着だけの姿で立っていた。

「ああ……恥ずかしいわ」

亜美はいま黒のブラジャーとパンティ、それに太腿の真ん中くらいまでの丈の網タイツを穿いている。

網タイツには、腰に着用したガーターベルトが繋がっていた。

「とっても、エッチだし」

すでに自分は全裸となって逞しい肉棒を半勃ちにさせて、ソファに座っているジョゼが満足そうに笑った。

「そんなに、じっと見ないで……」

亜美がやけに恥じらっているのは、ジョゼが用意したこの黒下着が、かなり扇情《せんじょう》的なものだからだ。

黒のレースがあしらわれたブラジャーのカップと、パンティの前側にはスリットが入っていて、亜美の色素が薄い乳首や陰毛が覗いている。

「裸よりエッチだよ、亜美ママ」

パンティの後ろも完全な紐になっていて、熟れた白い尻たぶはすべて丸出した。

身体を隠すことを放棄したこの下着は、亜美のグラマラスな肉体をさらに淫らに輝かせていて、ジョゼは吸い寄せられるように手を伸ばしてきた。

「あっ、いやっ、ここではいや、ああっ、あああん」

ジョゼの家のリビングには大きなサッシがあり、その向こうには庭と隣家が見える。

カーテンが開いているので、さっきから隣の家に見られているのではないかと、亜美は気が気でなかった。

「だーめ、明日の朝まで、家中でやりまくるよ。ふふふ」

ジョゼは笑顔で、亜美の網タイツが途中まで来ている白い太腿の間に右手を入れる。

朝までセックスをしつづける。大人以上の肉棒と少年のタフさを持つ彼が言うと、まったく嘘には聞こえなかった。

「そんな、ああっ、私、死んじゃうわ、あっ、ああっ」

彼の逞しい肉棒で朝まで犯され抜かれ、自分は何度エクスタシーにのぼりつめるのか。それを思うと、亜美は恐怖のほうが大きかった。

「大丈夫だよ、気持ちよすぎて、死ぬことはないよ」

ジョゼは軽く笑って、指をさらに奥に入れてきた。そこには亜美の膣口がある。

「あっ、あああっ、いやっ、あああん」

亜美は彼の無邪気さに怖さを感じると同時に、強烈な快感で乳首や陰毛を覗かせた下着姿の身体をよじらせた。

怯える心とは裏腹に肉体のほうは、彼に与えられる悦楽を求めて燃えあがっていた。

「もう、すごく濡れてるね、亜美ママ。恥ずかしいなんて、嘘でしょ」

「あっ、あああっ、本当よ、ああん、あああっ」

網タイツの両脚をくねらせながら、亜美は甘い声をあげる。隣家が気になるのは嘘ではないが、その感情も甘く激しい快感をかきたてた。

「ほら、立っているのがつらいのなら、ここ持って」

ジョゼは立ちあがると、身体を入れ替えるように亜美をソファの前に押し出す。

フラフラとソファの前に歩いた亜美が背もたれに両手をつくと、ジョゼはガーターベルトのウエストを引き寄せて、立ちバックの姿勢をとらせた。

「ほら、脚は、こっち」

黒い生地にスリットが入った、股間を突き出した亜美の右脚を持ちあげたジョゼは、そのままソファにある手すりに乗せた。

「ああっ、いやっ、こんな格好、あっ、あああぁ」

まるで犬がおしっこをするようなポーズをとらされた亜美は、恥ずかしさに涙を浮かべて後ろを振り返った。

だが同時に硬く太いモノを膣口に感じ、乳首を晒したブラジャーの双乳を揺らしてのけぞった。

「そんな、ああっ、いきなり……ああっ、だめぇえ、ああっ、あああっ！」

片脚だけを持ちあげた亜美の股間に、ジョゼはいきなり肉棒を突き立てていた。

パンティのスリットから覗くピンク色の媚肉に、いつの間にか完全に勃起している巨大な亀頭が沈んでいく。

「もう、ぐっしょりだから、大丈夫だよ。ほら、どんどん入っていくよ」

ジョゼはそんなこと言いながら、亜美の白い脚と尻たぶを摑んで、腰をじっくりと押し出してきた。

「ああっ、お願い、あああっ、はあああん！」

ろくに前戯もされていないというのに、まったく痛みや苦しみはない。

（もう私のアソコは……ジョゼくんの、おチ×チン専用にされてる）

巨大な彼の逸物に亜美の媚肉はすっかり馴染んでいて、最初のころの圧迫感など微塵もない。

そして感度は、日を追うごとに強くなっている。それが今日、一晩中犯されることで、さらなる高みにいくのではないか。そんな予感に亜美は苛まれていた。

「あっ、あああっ、だめっ、ああああ、あああああん！」

肉棒はゆっくり侵入してくる。その分、張り出した亀頭がじっくりと膣壁を抉っていた。

（ああ……生で……）

安全日ということで、今日はコンドームは使っていない。エラの張り出しや彼の体温が、やけに生々しい。

「ああ、亜美ママのオマ×コ、やっぱり最高だよ！」

ジョゼも亜美の濡れた媚肉をなんの隔《へだた》りもなしに感じ、顔を恍惚とさせている。

彼はそれを味わうように、小さく腰を動かしてきていた。

「あっ、ああっ、はうっ、ああっ、やん、あっ、ああっ！」

無意識なのかそれともわざとなのか、ジョゼの亀頭は膣道の八分目くらいの深さで前後している。

奥にあたりそうで、あたらない、その焦燥感に亜美は苦しみはじめていた。

「ああっ、ジョゼくん……ああっ、いやっ、ああっ、あああっ！」

ソファの背もたれを両手で強く摑み、亜美は乳首が覗くブラジャー姿の上半身をくねらせる。

あれほど乱れるのが怖かったのに、わずかな時間で亜美は快感が欲しくて苦しんでいた。

（コンドームがないだけで、こんなに……）

生の肉棒が膣内で動くたびに、腰までジーンと痺れていく。薄いゴムがないだけでここまで違うものかと思うが、いつしか亜美は強く張り出したエラで、ボロボロになるまで責め抜かれたいとさえ思っていた。

「ふふ、中が、ヒクヒクしてるね。ねえ、亜美ママ、奥に欲しいの？」

やはりジョゼはわざと奥まで挿入していなかったようで、小刻みなピストンを繰り返しながら、亜美のヒップを軽く叩いてきた。

「きゃっ、ひゃん、ああっ！」

昂りきっている亜美の身体は、尻たぶがヒリヒリとするのも心地よく感じる。

すっかり乱れている黒髪の頭を後ろに向けた亜美の表情は、唇は半開きで瞳も妖しく蕩けていた。

「僕たちはいま、恋人同士だよ。どうしてほしいか、言ってもいいんだよ」

「ああ……そんな……」

夫の前ですら、自分から快感を望むような言葉を口にしたりはしなかった。

いけないという思いが強い。だがジョゼの言葉が、痺れきった頭の中で何度も響き渡るのだ。

「ああ……ジョゼくん、私……」

濡れた瞳を瞬《また》かせた亜美は、立ちバックで片脚をあげたみじめなポーズの身体をくねらせながら、褐色の少年を見あげた。

もうなにかを考える気持ちも起こらず、ただ女の本能だけが亜美を支配していた。

「奥を、突いてほしい……あん」

半開きにした唇から甘い吐息を漏らしながら、亜美は切ない目を向けた。

こうしている間も膣奥がたまらないくらいに疼き、後ろに突き出したヒップは絶えず揺れていた。

「いいよ。でも、ちゃんと言うんだ。おチ×チン、オマ×コの奥に欲しいって」

勇気を振り絞った亜美の言葉を聞いて、ジョゼは嬉しそうに顔をほころばせたものの、さらに淫らに堕ちることを要求してきた。

「そ、そんなの……ああ、言えないわ、ああ……」

「じゃあ、これはお預けかな」

さすがにそんな言葉は言えないとためらう亜美の中から、ジョゼは肉棒を引き抜こうとした。

「あっ、いやっ、待って！　ああっ、お願い……」

目を大きく見開いた亜美は、焦った顔になって声を張りあげた。つい数分前まで、ジョゼとの行為をやめなければと必死で思っていたというのに。

（も、もう無理……おかしくなる……）

ジョゼの肉棒が動くたびに、胸が焦燥感に張り裂けそうになる。

このままでは、自分はおかしくなってしまう。後退する亀頭のエラが膣壁を焦らすように擦る感覚のなかで、本気でそう思っていた。

「ひっ、いやっ、ジョゼくん！　待って、あっ、抜いちゃいやっ！」

亀頭が膣口にさしかかったのを感じた亜美は、すべてを捨てた気持ちになって、あらためて後ろにいる息子の友だちに視線を向けた。

「欲しいの、亜美の、オマ×コに……ああっ、ジョゼくんの、おチ×チンを入れてえ！」

犬がおしっこをするポーズの身体を震わせて、亜美は懸命に訴えた。もう二度と元の自分には戻れなくなる、そんな気がしていた。

「はい、いくよ！」

目を輝かせたジョゼが、褐色の身体ごと前に出てきた。

「ひっ、ひあああっ！　こ、これ、あああっ、深いいい、あああっ！」

ソファの背もたれを強く摑み、スリットから乳首が覗く熟乳を弾ませて、亜美はのけぞった。

一瞬で頭の芯まで痺れ、快感にすべてが支配されていく。

「どうだい、亜美ママ。生のチ×チンは、いつもと違う？」

Tバックの紐が食い込んだままの、亜美の桃尻を摑んでがっちりと固定し、ジョゼはリズムよく腰を使っていく。

もう切羽詰まった状態の美熟女を、この褐色の少年は巧みに煽ってきている。

「はあああん、いい！　ああっ、コンドームがあるときと、ぜんぜん違う、ああっ、引っかかるわ、ああっ、気持ちいいっ！」

それをわかっていても、亜美はもう逃れられない。女の本能を剥き出しにし、恥ずかしげもなく口走っていた。

「最高だよ、亜美ママ。ねえ、ひとつ約束してよ。今日は、さっきみたいに、どんな質問にも素直に答えるって」

ソファの手すりにあげた片脚を、小刻みに震わせてよがり狂う亜美に、ジョゼはそう命令してきた。

「ああっ、うん、あああっ、わかったわ……あっ、あああっ！」

もちろん激しいピストンはずっと続いているので、亜美は快美感に溺れたまま反射的に頷いていた。

「ふふ、じゃあ、まずは、亜美ママのオマ×コの、気持ちいいところを教えてもらうからね」

ジョゼはそう言うと、肉棒の角度を変えて亜美の膣奥を突きはじめた。

「あっ、はああん、あああっ！」

当然だがどこを突かれても強烈な快感が突き抜け、亜美は黒ブラジャーの上半身をのけぞらせて喘ぐ。

　ジョゼはそんな小柄な美熟女をじっと見下ろしながら、大きく腰を動かして膣の右側に亀頭を抉り込ませてきた。

「えっ、あっ、はあああああん！　そこ、あっ、あああああっ！」

　子宮口の右横に硬く大きな先端が食い込んだとき、先ほどまでよりもかなり強い快感が襲い、亜美はカッと目を開いて息を詰まらせた。

　たった一突きされただけなのに、片脚をあげた下半身全体がガクガクと震えている。

「ここだね、亜美ママ」

　それだけ強烈な反応をすれば、当然のようにジョゼも気がつき、そこにピストンを集中させてきた。

「あっ、あああっ、だめえっ！　あああっ、ああっ、そこは、あああん！」

　もはや隠す役割を果たしていないブラを着けた豊かな乳房を揺らしながら、亜美はとてつもない快感によがり狂う。

　もう呼吸もできないくらい苦しいのに、全身が歓喜している。

「すごく、感じてるんだね、亜美ママ。ちゃんと、言葉にして言ってよ、約束だよ」

　身体が崩れそうになっている亜美の肉尻を鷲摑みにして固定し、ジョゼは右奥に向かって怒張で突きつづける。

「あああっ、いいのっ！　ああああん、オマ×コの、そこを突かれると、すごくいいっ！」

夫の前でも口にしたことがない淫らな言葉をためらいなく叫びながら、亜美は心が解放されていくような気持ちになった。

それと同時に、肉体が蕩けそうなくらいに燃えあがった。

「あああっ、オマ×コの奥の右側よ！　ああっ、そうよ、あああん、亜美、あああっ！　そこがすごく感じるのよっ、はあああん！」

熟れた桃尻を自ら後ろに突き出しながら、亜美はサッシの向こうに見える隣家のことも忘れ、ケモノのような声をあげた。

「ここだね、亜美ママ！」

ジョゼも興奮に目を血走らせ、これでもかと腰をぶつけてくる。

スリットから覗くギンギンに勃起した乳首が躍り、白いヒップが波を打った。

「あああっ、もうだめえ！　イク、イッちゃううう！」

ソファの背もたれを強く握りしめ、亜美は白い背中をのけぞらせた。

「イッ、イクうううううう！」

白い歯を食いしばり瞳を虚ろに潤ませながら、亜美は絶頂にのぼりつめた。犬のおしっこというみじめなポーズで、全身を痙攣させて歓喜に溺れた。

「僕もイクよ、おおおお！」

絶頂の発作で強く収縮している膣奥に亀頭を押し込み、ジョゼも腰を震わせた。強大な逸物がさらに膨張するような感覚があるのと同時に、熱い粘液が放たれた。

「あああっ、すごいっ！　あああっ、ジョゼくんの精子、ああっ、キテるっ！」

最初のとき以来の、媚肉に精液が染み込んでくる感触。あの日は、とんでもないことになってしまったという焦りばかりだったが、今日はまるで違う。

「あっ、あああああっ、すごいっ！　ああっ、奥に染み込んで、あああああっ！」

彼の濃厚で量も多い精液に、自分のすべてを奪われているような感覚が心地いい。巨大な逸物が、自分の穴の中を満たしつくしていることに安心感を覚えながら、亜美は淫靡な黒下着の身体を震わせつづけていた。

「あっ、いやっ、ジョゼくん……あっ、自分で洗えるから、あっ、ああ……」

汗を流そうと、二人は浴室に来ていた。広い家だけあって、自宅マンションの風呂場の倍以上はある。亜美は浴槽の前に立ち、その足元にジョゼが跪《ひざます》いていた。

「おっ、僕の精子が、出てきたよ」

小柄で色白の美熟女の、肉感的な両脚の前にしゃがんだ褐色の少年は、漆黒の陰毛の奥にある女の裂け目を洗うために、指で割り開いてきた。

淫唇を左右に引っ張られて中の媚肉が覗き、奥から白い粘液がドロリと溢れてきた。

「五日も射精してなかったから、たくさん出たね」

精液はドロリと糸を引いて流れ出し、床に向かって落ちていく。その濃さと量に、亜美はあらためて彼の牡としての強さを感じるのだ。

(ああ……いや……また奥が熱く……)

行為を終えて肉棒が引き抜かれ、快感が収まっていくと、息子の友だちの精液を子宮に受けた罪深さに泣きたくなった。

それからいったい、何分くらい経っているだろうか。すぐに亜美の身体は、目の前の巨根を求めるように熱くなっていく。

(なんて浅ましい……でも……)

亜美は自分が生まれつき、セックスが好きな淫乱女なのではないかと思いはじめていた。夫の肉棒やテクニックでは、それに気がつかなかっただけだと。

「ふふ、なんか違う液も出てきたね、亜美ママ」

膣肉も感情の昂りにすぐ反応するようになっている。精液の残りが出たあとに、淫靡な香りがする半透明の粘液が流れ出てくる。

もう亜美の淫情の煽り方を心得ている少年は、軽く膣口を指で掻き回してきた。

「あっ、ああっ、やん、あっ、あああん」

浴槽の前に立ち、脚を少し開いたグラマラスな身体を、亜美は切なげにくねらせる。フルフルと横揺れするHカップの乳房の奥は、もっと強い刺激が欲しいという渇望に囚われていた。

「さっき、イッたばかりなのに、もう欲しいんだね、いけないオマ×コだよ」

相変わらず発音のおかしな日本語が、やけに耳に突き刺さる。

(ああ……もう全部、この子にはばれているんだ……)

焦らされるのに弱いのも、奥がたまらなく疼いているのも、ジョゼにはすべてお見通しだ。

ごまかしてもどうせ無駄だと、熱く痺れた頭で亜美はそう思った。

(ああ……いまだけ、いまだけなの……ああ……)

ジョゼの指は、変わらず入口のあたりを軽く掻き回している。亜美が自分の欲望を剝き出しにするのを待っているのだ。

浴槽に溜められている湯からわきあがる湯気で身体中が熱くなり、もう意識がぼんやりとしてきた。

いまだけ淫婦となって、ただ快楽を求めてもいいのではないか。そんな思いに、亜美の心は支配されていった。

(明日の朝、全部終わるんだから……今日だけは……)

自宅とは違う空間も、また亜美の気持ちを解放させていく。

そんな亜美の入口を掻き回す指が、さらにスピードをあげた。

「ジョ、ジョゼくん、あっ、あああああん!」

悲鳴にも似た声を浴室に反響させながら、亜美は蕩けた瞳を足元にいるジョゼに向けた。

「なに? 亜美ママ」

もう亜美が崖っぷちにいることに気がついているのだろうか、ジョゼは意味ありげな笑みを浮かべながら指を少し下げた。

「あっ、だめっ、ああっ、抜いちゃいや! ああっ、もっと奥にいい、あああっ!」

濡れた膣口から指が去っていくと思った瞬間、亜美は反射的に叫んでいた。

もうこれ以上焦らされたら気が狂ってしまうのではないか、本気でそう思った。

「こうかい？」

ジョゼは指を二本にして、一気に亜美の膣奥を突きあげた。

「ひっ、ひあああああ！　それ、ああああん、いい、気持ちいいっ、ああああん！」

浴槽の前に立つグラマラスな身体をのけぞらせて、亜美はようやく膣奥に感じられた硬いものに歓喜する。

肉感的な脚は自然とがに股気味に開き、男を受け入れる体勢を取っていた。

「ようやく素直に、気持ちいいって言ってくれたね、亜美ママ」

自分の心を解放して快感に浸りきる美熟女に、ジョゼは声を弾ませながら指をピストンしてきた。

「あっ、あああああん！　だって、ああん、奥が……あああ、たまらないの……」

素直に答えると決めた約束は、すでに亜美の頭から飛んでいる。

なんというか、ジョゼという男に自分のすべてを知ってほしい。どれだけ感じて淫らになっているかわかってもらいたいという、露悪的な思いが心にわきたっていた。

「ああっ、いいわ、ああああん！　ジョゼくんに指で、ああああん、亜美のオマ×コ、すごく感じてるわあ！」

もう淫語を口にするのも躊躇がない。ただひたすらに欲望を燃やし、亜美は子宮まで突きあげてくるような彼の長い指に身を任せた。

立っているのもつらくなり彼の頭に手を置き、喘ぐたびに熟乳を揺らして身悶えた。

「いいよ、亜美ママ。もっと感じてよ！」

ジョゼのほうも興奮した様子で、指を強く上下させてくる。さらに彼はもうひとつの手を、亜美の秘裂のさらに奥に忍ばせてきた。

「あっ、ひっ、あっ、いやっ！　そこは、あっ、あああっ！」

その手の先は、亜美のアナルを捉えていた。指がゆっくりと肛肉を揉みながら割り開いてきた。

「あっ、ああ、お尻！　ああん、だめっ、あっ、あああっ！」

ジョゼはときどき、セックスの最中にアナルを指で責めてくることがあった。

ただそれはいたずら程度だったが、今日は指に込めている力が違った。

「あああっ、ひいいっ！　やめて、あああっ、無理よ、あっ、あああっ！」

指は一本だけだが、かなりの圧力を感じる。亜美はいやいやと首を横に振るが、前の穴をずっとピストンされているので力が入らない。

「ふふ、気がついていないのかい？　亜美ママのアナル、かなり柔らかくなっているんだよ」

ジョゼは前から亜美のアナルをいじることで、刺激に慣れさせていたというのか。

そら恐ろしい少年ではあるが、日々淫らに成長している亜美の熟した身体は、もう彼の思うさまだ。

「ああっ、あひいっ！　奥、あああっ、はあああん！」

いままでとは比べものにならない深さまで指が侵入してきた。ジョゼの指は太いので、かなり肛肉が拡がっている。

「ほら、ここも気持ちいいでしょ？」

排泄器官を遡られる違和感で身悶える亜美にかまわず、ジョゼはアナルに入れたほうの指をリズムよく動かす。

「あっ、ああ、だめえ！　あああん、あああああっ！」

太い指が前後に動き、肛肉がめくれたりすぼまったりが繰り返される。

すると不思議な感覚がそこからわきあがり、亜美は狼狽えながらよがり泣くのだ。

「あっ、ああっ、いやっ！　ああっ、これだめっ、あっ、あああああっ！」

とくに指が引かれてアナルが開かれた際に、擬似的に排便させられているような解放感がある。

それは明らかに快感で、膣の快美感と混じりあい亜美の肉体を支配していくのだ。

「アナルも、気持ちいいでしょ、亜美ママ」

二つの熟乳をまるで別の生き物のように躍らせて浴槽の前に立つ亜美に、ジョゼが言葉をかけてくる。

もちろんだが、膣肉のほうも二本の指で休まず責めつづけている。

「ああっ、ああああん、いいいっ！　ああっ、どうしよう、ああん、お尻も気持ちよくなってるっ！」

身も心も快感に操られている状態の亜美は、心の内を素直に吐露していた。

排泄をするための場所で感じてはならないという気持ちはあるが、それでも快感が止まらなかった。

「いいんだよ、お尻でよくなっても。みんな、アナルで感じるんだよ！」

新しい扉を開いた美熟女に、ジョゼは興奮気味に腕を大きく動かして、両穴を責めてきた。

がに股に開いた白い両脚の間で、逞しい褐色の腕が大きく上下し、グチュグチュと粘着質な音が湯気に煙る浴室に響き渡っていた。

「あああっ、だめえ！　あああっ、狂っちゃう、ああっ、オマ×コもお尻も、はああああん！」

もうなにかを考えることもなく、亜美はただひたすらに悦楽に身を任せていった。

(なんて声を……)

尚太はジョゼに言われたとおりに、庭のほうに回って鍵がかかっていない部屋のサッシから中に入った。

部屋に入ると同時に、中のほうから女の声が聞こえてきた。

艶やかで激しい牝の声が、とても母のものだとは思えない。疑いの気持ちを持ちながら、尚太は静かに廊下に出た。

「あああっ、ジョゼくん！　あああん、お尻、あぁっ、いい、ああああっ！」

かなり広めの廊下に出ると、いくつかあるドアのひとつが半分開いていた。

そこから、とんでもない言葉を口走る女の声が聞こえてきた。

(お、お尻？)

中を覗くとそこは脱衣所になっていて、奥にある半透明のドアも少し開かれていた。

脱衣所側の灯りが消されていて暗く、浴室のすりガラスに人影が動いていた。

「そろそろ、お尻だけでも、イケるんじゃない？」

ジョゼの声が聞こえてきた。尚太は興味を抑えることができなくなり、身体を屈《かが》めて這うようにしてドアの隙間を覗いた。

「あっ、いやあん！　こんなかっこう、はあああん！」

たまたまなのか、それともジョゼは尚太がいることに気がついて見せつけようとしているのか。母は両手を浴室の壁につき、豊満な桃尻をこちらに突き出すようにして膝をついている。

二つの尻たぶの中央にあるピンクの秘裂は、すでに大きく口を開いて濡れた媚肉を覗かせていて、淫靡な姿を晒していた。

「さあ、いくよ」

ジョゼは母の桃尻を軽く叩いたあと、指を二本束ねて谷間に持っていく。

「あっ、ああああっ、太い！　あっ、だめっ、あああっ！」

ジョゼの指が捉えたのは、ヒクヒクと妖しい動きを見せている女肉ではなく、その上にある小さなすぼまりだった。

「うっ……」

尚太よりも遥かに太く長い彼の指が、二本も母のすぼまりに沈んでいく。

尚太は思わず声を出しそうになって、慌てて自分の手で口を塞いだ。

「あっ、はうんん！　あっ、ああああん！」

ただ母のほうは、苦痛に喘いでいるといった感じではない。

膝を浴室の床についた肉感的な下半身をよじらせ、ジョゼに犯されているときよりも低めの声で喘いでいる。

（あんなに……開いて……）

なにより尚太の目を引きつけるのは、母の肛肉が大きく開いた姿だ。

セピア色をしたそこは、引き裂けそうなくらいに褐色の指によって開かれている。

「ふふ、もう、お尻も性感帯になってるね」

どこでそんな言葉を知るのかと思うような淫語を変な発音で口にしながら、ジョゼは腕を前後に動かした。

「ああっ、あああん！　だって、あああん、ジョゼくんにされたのよ、あああん！」

痛々しいくらいに開いた肛門を指でピストンされ、母は四つん這いのような体勢で手を壁についた上半身をのけぞらせている。

こちらからは表情はうかがえないが、激しい息づかいが聞こえてきた。

「ああっ、あああああん！　おおっ、あああ、お尻、すごい、ああっ、あああああっ！」

もう母は、アナルで感じることに酔いしれているように聞こえる。こんな場所で快感を得ることを、あの真面目な母が受け入れているのが尚太は信じられない。

（ああ……母さん……）

どんどん牝のケモノとなっていく、母のピンクに染まる肉尻を見ながら、尚太は喉が焼けつくくらいの興奮を覚えるのだった。

「あっ、あああっ、はあああん！　ああ、いいっ、あああん！」

あれから何時間が経っただろうか、亜美は自分がずっと夢の中にいるような感覚でいた。

ジョゼの自室にある大きめのベッドの上ですべてを晒し、巨大な肉棒で延々と貫かれていた。

「ああっ、すごいいっ！　まだこんなに、あああっ、はあああん！」

亜美の膣内で何度も射精しているというのに、ジョゼの逸物は衰《おとろ》える様子も見せずに巨大な姿を保っている。

脚を伸ばして座った彼に背面座位で激しく突きあげられ、Hカップの熟乳を揺らして亜美はよがり狂っていた。

「亜美ママ、すごいよ！　イクたびに、オマ×コが締めつけてくる」

もう何度絶頂にのぼりつめたのか、亜美自身もわからない。腕や脚にも力が入らず全身が気怠いのに、そこだけは異様に敏感だ。

「ああん、ジョゼくんが、こんなにしたのよ、ああん、はあああん！」

大きな瞳はずっと宙を彷徨い、割れた唇からは外まで聞こえるような淫らな絶叫がわきあがる。

自分でも情けないくらいに淫乱な女。ただいまの亜美は、そんな自分が妙に心地よかった。

（ああ……今日だけ……いいの……）

明日の朝になれば全部精算して元どおりになり、自分は元の母親としての生活に戻るのだ。

夫の問題はあるが、息子と二人で穏やかに明るい日々を送れる。

「ふふ、亜美ママのオマ×コ、僕のチ×ポの形になってるね、きっと」

いまだけはと思い、肉欲に溺れていく美熟女の乳房を後ろから揉みながら、ジョゼは白い歯を見せて笑った。

「はあん！　ジョゼくんが、大きいおチ×チンで拡げるから、はああっ、あああああっ！」

亜美の膣道を満たしきり、さらには子宮まで食い込んでいるような巨根。

硬く巨大な肉の棒が膣道を満たしきる満足感を知ったいま、元の身体に戻れるのか、亜美は一抹《まつ》の不安を覚えるのだ。

「おお、中がもっと、狭くなってきたよ、気持ちいい！」

ただ媚肉のほうはさらに巨根を食い締め、カリ首の硬さと大きさを味わっている。

ジョゼはそんな動きを敏感に察知し、自分の股間の上に乗った亜美の肉尻を掴んで横に揺らしてきた。

「ひあああああん、グリグリだめえ！　ああっ、はああああっ！」

亀頭の先端が膣奥の右側をこね回す、そこは亜美が一番弱い場所で、もう頭が真っ白になるくらいの快感が駆け抜ける。

伸ばされたジョゼの褐色の脚に手を置いて背中を丸めた亜美は、巨大な双乳を躍らせながら悦楽に呑み込まれた。

「ふふ、ほら、亜美ママの子宮口に、チ×ポが吸いついてるの、わかる？」

意識も怪しくなっている亜美に、ジョゼは囁いてきた。

「う、うん、あああっ！　おチ×チンの先が、はあああっ、くっついてるよう、あああっ！」

ジョゼはそこに集中して、ピストンをさらに激しくしてきた。ベッドの反動を利用しているので、亜美の小柄な身体は勢いがつきすぎて豪快に弾んだ。

「あうっ、ひうっ！　激しすぎ……くううっ、うくうっ！」

子宮を歪まされる衝撃に、亜美は歯を強く食いしばった。快感があまりに強くて視界が霞《かす》み、気をしっかり持っていないと失神してしまいそうだ。

「このまま出したら、僕の精子が、亜美ママの子宮に、直接注ぎ込まれるね」

前屈みの身体の前でたわわなHカップ乳を千切れそうなくらいに躍らせ、息を詰まらせている亜美の腰を、ジョゼはしっかりと固定してきた。

「ああぁっ、だめっ！　そんなことしたら、赤ちゃんデキちゃううっ！」

もちろん今日は安全日だし、すでに何度も中出しをされている。

ただこの子宮の入口と亀頭の先端がくっついたいまの状態で射精されたら、妊娠してしまうような予感が亜美にはあった。

それは女としての本能が、そう告げているのかもしれなかった。

「もしできたら、僕はちゃんと、パパになるよ。亜美ママといっしょに、赤ちゃん育てる」

それが怖くて腰をずらそうとした亜美の身体を強く抱きしめ、ジョゼは下からのピストンをさらに激しくした。

「そんなの無理よ、ああっ、あなた中学生なのに……ああっ、はあああん！」

そう反論しながらも、胸の奥がキュンと締めつけられた。

「いっしょに赤ちゃんを育てる」と言ってくれたことに、ときめいている自分に驚きながらも、なぜか心が満たされていく。

「いくよ、亜美ママ、うおおおっ！」

先端を密着させたまま、ジョゼは身体こと動かして怒張を突き立ててきた。

「はあああん、キテる！　ああん、いい、奥がいいの、ああ、ひあああああっ！」

もう身も心も彼に魅入られたまま、亜美も頂点に向かっていく。

白い背中が大きく弓なりになり、Hカップの熟乳が千切れるかと思うほどに躍り狂った。

「あああっ、イク、イクうううううう！」

彼の腰に跨がった肉感的な太腿が、ビクビクと痙攣を起こし、下腹も大きく波を打った。

なにもかも満たしていくようなエクスタシーの快感はあまりに心地よく、亜美はすべてを忘れて自ら腰を突き出し、子宮口を亀頭に押し当てた。

「ううっ、吸いついてきた！　いくよ、亜美ママ、子宮に射精するよ、くううう！」

ジョゼの苦しげな声と共に、子宮の入口に密着した亀頭が膨張した。同時に粘っこく熱い精液が勢いよく発射された。

「ひっ、ひあっ、キテる！　あああっ、精液が、ああん、お腹の中に届いてるう！」

勢いがよすぎる射精が、子宮の中にどんどん流れ込んでいる感覚がある。

これでは本当に赤ちゃんができてしまうかもしれないが、亜美はもうそれをいけないという思いすらなかった。

「ああっ、出してぇ！　もっと、もっと、ああっ、はああああっ！」

熱く溶け落ちた子宮の中に精液を感じるのが、こんなに気持ちのいいものだとは知らなかった。

幸福感が全身を包み、亜美は身も心もジョゼに委ね、ただ悦楽に酔いしれた。

「ふうう……すごかったよ、亜美ママ。いままでで、一番気持ちよかった」

射精が終わるとジョゼは満足そうに言って、亜美の中から肉棒を引き抜いた。

「ああ、あふ……うん、私も、すごくよかった……」

荒い息を吐きながら亜美は満足げな笑みを浮かべ、身体をジョゼのほうに向けた。

「たくさん、気持ちよくしてくれた、お礼をするね、あふ」

そして淫靡な微笑みを浮かべたまま、射精を終えてもまだ硬さを保っているジョゼの肉棒に舌を這わせていった。

「くう、亜美ママ。お掃除まで、してくれるんだね、うう」

精液や愛液にまみれた肉棒を舐めはじめた亜美に、ジョゼは歓喜している。

「んふ……んんん……おいしい……んんんん」

強い牡の香りや味を甘美なものに感じながら、亜美は懸命に亀頭をしゃぶりつづけた。


「すっ、すごいいい！　ああっ、はあああん！」

陽《ひ》が落ちてかなり時間が経っても、母とジョゼは狂ったようにお互いを貪っている。

食事もジョゼが用意していたピザやサンドウィッチをほおばるくらいで、それ以外は家のそこかしこで行為に及んでいた。

「どう？　いいでしょ、この体位」

いまはまたベッドの上に戻り、仰向けで股間が真上を向くまで腰を曲げた母の両脚を左右に引き裂いたジョゼが、自分の脚を交差させるように跨がって真上から怒張を突き刺していた。

「あああっ、いいいっ！　ああん、たまらないっ、ああっ、あああああっ！」

上から太い肉杭が打ち込まれている状態の結合部。そこから粘っこい音が響き、掻き出された淫蜜が飛び散っている。

透明な雫が天井を向いた母の豊満な肉尻にまとわりつき、白い肌をヌラヌラと淫靡に輝かせていた。

「くう……ううっ」

母と親友の凄まじい求めあいは、まさにケモノの交尾のようで、たまらなく淫靡だ。

尚太もまた、母に気づかれないように身を潜めて、自分の手の中で何度も射精していた。

「はううう、ああっ、ああっ、またおかしくなる！　はああっ、ああああっ！」

亜美はもう、数えきれないほど絶頂に達している。よくへばらないものだと思うが、その大きな瞳はずっと淫靡に輝いていた。

「いやらしい女だ、亜美ママは。いくら突かれても、満足しないねえ」

母の両足首を握って股を引き裂き、ぱっくりと開かれた股間に跨がっているジョゼも、異様な興奮を覚えている様子だ。

母がその巨根によって狂わされているとしたら、ジョゼと尚太はその母の肉体から放たれる淫気に煽られておかしくなっている。

「あああっ、だってえ、あああん！　奥まで、ああっ、大きいのが、キテるの！」

父や息子の前ではいっさい見せたことがない、狂気に満ちた表情。大きく開いた唇の横からは、ヨダレまで滴っている。

もうそんなことも気づかないくらいに、母は悦楽に溺れているのだ。

「もう、パパさんじゃ、亜美ママを満足させられないね」

母に比べてジョゼのほうはまだ少し冷静さをもっていて、ドアの隙間から覗く尚太のほうをちらりと見てから言葉をかけた。

「はあああん、無理よ、あああっ、あの人のおチ×チンじゃ、もうだめなの！　あああん、ジョゼくんの、この太いのじゃないと、だめええっ！」

その言葉に応えて、母はさらに声を大きくした。ジョゼに屈服する母の姿を見ていられずに尚太は一瞬顔を伏せるが、またすぐに興味が抑えられなくなって、目を見開いた。

そして硬くなった肉棒を強く握って、しごきたてるのだ。

「幸せかい？　亜美ママ」

そう言ったジョゼは、打ち下ろしのピストンをさらに激しくした。

充血してぱっくりと開いた媚肉に野太い黒棒が打ち込まれ、肉と肉がぶつかる淫らな音が寝室に響いた。

「ああぁっ、幸せよ、ああああん！　セックスしてるときが、あああぁっ、一番幸せなの！」

彼の下で身体を丸めている亜美は、ためらいなくそう叫んだ。その母の恍惚した顔に、尚太は身体の中でなにかが崩れ落ちる感覚になる。

(もう、母さんは……ジョゼのもの……)

絶望感に打ちひしがれ、目を見開いたまま尚太は固まった。

それでも、肉棒をしごく手だけは止まらない。

「あああっ、イクっ！　あああっ、もっと突いて、ああっ、亜美を幸せにしてぇ！」

この女はどこまで貪欲《どんよく》なのか、自分の股間を跨いでいるジョゼの脚を強く摑んで、すがるような瞳で求めた。

「いいよ、イクんだ、亜美ママ！　朝までたくさん、幸せにしてあげるよ！」

それに応えて、ジョゼは自分の全体重を浴びせて、怒張を牝の肉穴に打ち下ろした。

「あああっ、イク！　あああぁ、イク、イク、イクうううう！」

丸めた身体の上でHカップの熟乳を弾けさせ、引き裂かれた両脚をブルブルと引き攣らせながら、亜美は絶頂にのぼりつめた。

「くうう、ううっ、出る！」

目の前の女はもう母ではない、ただの淫乱な牝犬だ。そんな思いを抱きながら、尚太は自分の手の中に射精する。

乱れに乱れる母を軽蔑する気持ちと共に、なぜか涙が溢れて止まらなかった。


ジョゼの部屋のサッシのほうに目をやると、レースのカーテンの向こうはすでに明るくなりはじめていた。

窓全体が蒼く染まっているような時間、亜美は気怠さを感じながらジョゼと向かいあい、まだ肉棒を媚肉に受け入れていた。

「あっ、ああっ、いやん、ああっ、ああんっ！」

対面座位の体位で彼の股間に跨がり、亜美はリズミカルで穏やかな怒張のピストンに身を任せていた。

いまは少し休んでいる感覚だ。肉棒を胎内に受け入れたまま休憩しているというのも変な話だが、それが成立してしまうくらい、ジョゼと亜美は身も心もひとつに溶けあっていた。

「あんっ！　ジョゼくんの、本当に、小さくならないのね」

汗が乾かないピンクに染まる身体の前で、双乳をフルフルと波打たせながら、亜美は向かいあう褐色の肌の少年を見つめた。

彼の肉棒は、何度射精してもすぐに勃起する。十代という年齢を考慮に入れても、驚くくらいのタフさだと思った。

「それは、亜美ママが、大好きだからだよ。愛してる、んんん」

ジョゼは亜美の身体を抱き寄せると、唇を重ね舌を絡《から》ませてくる。

上下の口で繋がった二人は、クチュクチュとした粘着音を部屋中に響き渡らせた。

「あん……もう、エッチなキス……」

中学生の「愛してる」という言葉など、戯《たわむ》れ言だとわかっている。なのに亜美は、胸がときめいてたまらない。

(だって、こんなキス、あの人は一度も……)

夫は、こんなにしつこく舌を貪ってくるようなことはなかった。男の力で強引に抱き寄せられて舌を奪われる感覚は、亜美に強い牡に守られているような安心感を与えてくれた。

「ああん、ジョゼくん、あっ、あああっ！」

心が昂ると、媚肉の感度が一段階あがった気がした。ゆっくりとしたリズムのピストンで穏やかだった快感が、徐々に大きな波に変わっていく。

「あっ、はあああん！　私、ああっ、あああああっ！」

身体から力が抜けて、亜美は後ろに手をついた。ジョゼも同じ体勢をとり、二人は股間同士を突きあわせる体位になった。

「また、イキそうなんだね？　亜美ママ」

あくまでピストンは速くせず、亜美の表情をじっと見つめて、ジョゼは肉棒を動かしている。

ただ激しく突くだけのワンパターンではなく、たまに腰を回したり変化を加えてきていた。

「あっ、はうっ、あああっ、うん、イキそう！　ああっ、それだめ、あああああっ！」

亀頭が膣奥をこね回し、亜美は両手を後ろについた上体をのけぞらせて喘いだ。

こんな緩いピストンで、なぜイッてしまうのか。自分の身体ながらに不思議だが、子宮から熱い波がやってくる。

「そのまま、受け止めて」

ジョゼはすべてお見通しのような感じで、肉棒を静かに動かしている。

息子と同い年なのに、本当に女の身体に精通している少年だ。

「あっ、あああっ、キテる！　ああああっ、イク、イッちゃう！」

ゆっくりとわきあがってきたエクスタシーに身を任せて、亜美は頭を後ろに落とし、手で支えている身体を震わせた。

ゆったりとしたリズムで身体がブルッブルッと引き攣り、乳房がそれに合わせて波打った。

「あっ、はあああん！　ああっ、これ、ああん、すごい、ああああん！」

激しく突かれて追いあげられるのもたまらないが、スローなエクスタシーは身体の中の幸福感がさらに大きかった。

身も心も温かく蕩けているような感覚で、亜美の媚肉はそれを与えてくれた彼の怒張に感謝するように、いつまでも強く締めつけていた。

「すごく、綺麗だよ、亜美ママ」

「やだ、恥ずかしいから、そんなに見ないで……」

唇を閉じることも忘れている自分は、きっと呆《ほう》けた顔をしているはずだ。それをジョゼに見られているのが恥ずかしくて、亜美は少女のように恥じらった。

これではもう、どちらが大人かわからない。

「ねえ、亜美ママ、僕のこと好き？」

ジョゼは手を伸ばすと、ヨダレの跡が残っている亜美の頬を撫でてきた。

「うん、好き……好きよ、ジョゼくん」

すぐにそう答えた亜美は、再び身体を起こして彼の腰の上に乗り、首にしがみついてキスをした。

いまだ硬化したままの怒張を受け入れて腰を動かし、舌を絡みつかせる。

「んん、好き、ジョゼくん！　んん、好きよ！」

舌を離したあとも、何度も亜美はジョゼの唇や頬にキスを繰り返した。

なにかを考えてではなく、亜美の中にある女が自然と彼を求めていた。

「じゃあ、正式に僕と付き合ってよ。恋人になって」

「う、うん、いいよ……んん」

ほとんど反射的にそう答えて、亜美はジョゼの唇にキスをした。すぐに彼は舌を差し出して亜美の濡れた舌を絡め取っていく。

（今日で、終わりにするつもりだったのに……ああ……でも無理……）

もちろん心の片隅には、今日でこんなただれた関係を終わらせるつもりだったのにという気持ちは残っている。

だが心も肉体も蕩けさせるジョゼと、いまも膣内を埋めつくしている剛直から離れるのは無理だと亜美は思うのだ。

たとえそれが破滅への道だとしても、もう逃げ出すことはできないのだ。

「ありがとう、亜美ママ。ああ、愛してるよ、全部」

ジョゼは対面座位で向かいあう亜美のヒップに長い腕を回すと、アナルに指を入れてきた。

「ひっ、ひあっ！　ああっ、そこは、あっ、ああああん！」

感度があがりっぱなしの肛肉は、軽くまさぐられただけで敏感に反応する。

亜美は大きく口を割って背中を引き攣らせ、背骨まで突き抜ける快感に酔った。

「すごく、気持ちよさそうだね、亜美ママ」

ジョゼは人差し指でアナルを掻き回しながら、ゆっくりだった肉棒の動きを一気に速くした。

「ああっ、ひあっ、あああん！　だって、はああっ、ジョゼくんがしたのよ、はああん！」

彼の腰の上で、熟した小柄な身体が弾み、一拍遅れてHカップの熟乳がブルンブルンといびつに形を変えて躍った。

二穴同時の快感が胎内で混ざりあうような感覚のなかで、亜美はあっという間に絶頂へと向かっていった。

「ああっ、あああっ、いいっ！　ああっ、あああああっ！」

絶叫を繰り返しながら、亜美はもうこの全身が痺れ落ちるような快感から、自分は逃れられないのだと悟っていた。

そしてそれを与えてくれる、ジョゼと彼の巨根からも逃れられないのだ。

「あああん、亜美も好きよ！　ああっ、ジョゼ、ああっ、ああん、イクうううう！」

最後の叫びと共に、亜美はジョゼの首筋に強く吸いついた。どうしてそうしたのかは、自分でもわからならない。

女としての自分の印を、ジョゼの身体につけたかったのかもしれない。

「くうう、僕も出すよ！　ああっ、亜美、うああっ！」

強い吸いつきに声をあげながら、ジョゼも怒張を爆発させた。膣奥から子宮まで、もう何度目かわからない熱い粘液が注ぎ込まれた。

「んんんん……んくう……んんん」

力の限りにジョゼの首を吸いながら、亜美は全身がバラバラになるような絶頂の快楽に酔いつづけた。

第六章　肛肉貫通連続アクメ

あの一夜以来、母はぼんやりとしていることが多い。いまも息子である尚太と夕飯を共にしているというのに、視線が定まらないことがある。

（きっと、ジョゼのことを思っているんだ……）

自分が卓球部の練習に参加している間、ここやジョゼの自宅で二人は毎日のようにセックスをしている。

今日も帰宅したときはもうジョゼの姿はなかったが、むっとするような男女の淫靡な香りが玄関まで漂っていた。

（もう全部、ジョゼのものになったんだな……）

ジョゼはまるで隠そうともせずに、スマホでの母とのやりとりを見せてくるし、隠し撮りしたセックス動画も常に保存している。

二人はもう完全に恋人同士で、お互いの下の名前を呼び捨てにしあっている。

父や尚太にも、母はそんな呼び方をすることはない。母に対する怒りと嫉妬が混ざりあい、家を飛び出したい気持ちになることもあった。

(もう母さんも、僕にばれてもかまわないと思っているのかな……)

母は最近、少し髪を切った。ジョゼの好みの髪型らしい。そして服装もなんだか身体のラインを強調するようなものだったり、太腿を出したミニスカートだったりする。

もちろんジョゼに言われてのことだろうが、もう母自身も息子の友だちとの関係を知られてもいいと思っているように感じる。

「あ、電話だ」

テーブルの上にある母のスマホが鳴る。母は慌てて立ちあがって、廊下に出てそれを受けようとする。

いまの服装は、自宅にいるというのに白のタイトなノースリーブだ。黒いブラジャーが透けた豊満な胸元がブルンと弾んだ。

(日曜の相談かな……)

明後日の日曜は、尚太が卓球部の試合にいくことになっている。その間、二人はきっとまたあのケダモノのようなセックスを繰り返すのだろう。

（どっちの家で、するのかな……）

ここでしてくれたらまた母のよがり泣く動画が見られると、尚太は肉棒を熱くした。母親としては軽蔑し怒りすら感じるが、一人の女として、巨根に狂った美熟女として、尚太は亜美に激しい欲情を覚えていた。

それが母親だからなのか、それとも牝の魅力がすごいのかはわからないが、尚太はその痴態を見てオナニーをしないと眠れないくらいになっていた。

「ねえ、尚ちゃん……私、日曜日の昼間、お出かけしてくるけど、いいよね？」

電話を終えた母が、リビングに戻ってきて言った。もう尚太に了解を取るのではなく、確認をしているだけだ。

公式試合となれば必ず応援に来ていたのに、もう興味もないようだ。

「うん、どうせ試合でいないしね、僕は……」

ジョゼとどこにいくつもりだろうか。尚太はなんとか彼に頼んで隠し撮りできないかと、そんなことを考えていた。

「海、綺麗だね！」

日曜の午後、柔らかい陽射しに照らされた砂浜に、亜美とジョゼは並んで座っていた。

「亜美ママのお弁当も、すごくおいしいよ！」

幼児《おさなご》のようにはしゃぎながら、ジョゼは亜美の手作りの弁当をかき込んでいる。箸の使い方がまだ不慣れで、ときどきこぼしたりして亜美を笑わせた。

（子供ね……）

こうしていると、ジョゼは幼さを残した少年だ。今日は黒のシャツにチノパンという大人っぽい服装をしているが、それは消えない。

彼を子供だと意識すると、ふと亜美は息子の尚太を放り出して自分はなにをしているのかと、罪の意識に苛まれた。

（私、ひどい女……）

一人になったときなどに、尚太に申し訳なくて涙が出る。母親として自分は最低だ。ただジョゼの声を聞き姿を見ると、心がときめき満たされる。彼と過ごす間は、すべてを忘れてしまうのだ。

（こんな格好までして……）

今日の亜美は身体にぴったりとフィットした紫のカットソーに、タイトな白のミニスカートで、ストッキングも穿かずに生脚が剝き出しだ。

小柄ながらにグラマラスな亜美がこんな服装をしたら、Ｈカップのバストや豊満なヒップが目立って、どうしても男たちの視線を引きつけた。

いまも海岸には数組の家族連れがいるが、夫のほうが亜美のほうをちらりと意識していたりする。

（不思議そうに見る人もいるし……ああ……恥ずかしい）

いくら亜美が年齢よりも遥かに若く見られ、ジョゼが大人っぽくても、並んで歩けば歳の差は歴然だ。

露出的な服装をした美熟女とハーフの少年。それが身を寄せて歩く姿を見て首をかしげる人もいて、亜美は恥ずかしさに消え入りそうになるのだ。

「おいしかったよ、亜美。ふふ、今日も可愛いね」

お弁当を食べ終えたジョゼは上機嫌で、砂浜に敷いた敷物の上で横座りの亜美の肩を抱き寄せて、頰にキスしてきた。

「あっ、だめ、人が見てるから……」

もう二人は、互いのことを下の名前で呼びあっている。そうすると、亜美は自分はもうこの男のものになったのだと思い、それが妙に心地よかった。

「日本人、おかしいよ！　向こうじゃ、恋人同士は、どこでもキスするよ」

ジョゼは不満げに言うと、亜美の肩を強く抱き寄せて唇を重ねてきた。

「だから、ここは日本……あっ、んんんん」

広い海岸だといっても人はいるので、亜美は顔を背けようとするが、ジョゼは強引にキスをして舌を差し入れてきた。

「んんん……んく……」

子供を連れた人たちもいる前でなにをしているのかと思うが、彼に舌を奪われると亜美は全身に力が入らなくなる。

ジョゼは亜美の手首を握って、自分の股間に持っていく。ズボンの中にある逸物は、すでに勃起していた。

「んんん……んん……んくう」

周りの目を自分の意識から外すように亜美は強くまぶたを閉じ、自分から舌を絡めていった。

彼の肉棒の巨大さと硬さ、それを手のひらに感じると、身体が一瞬でカッカッと熱くなっていった。

(ああ……だめ……)

急激に牝の本能が目覚めた三十五歳の肉体は、もう歯止めが利かなくなっていた。

全身の肌が上気していき、いまはまだブラジャーの中にある乳房の先端が強く疼いていた。

「んん……ぷは……すごくエッチな顔になってるよ、亜美」

「んもう、ジョゼが、いやらしいキスするからよ……」

ゆっくりと目を開いて、彼のことを見つめる。そして温もりが欲しくなって腕を抱きしめる。

逞しいその腕に、亜美は安堵《あんど》するような感情を覚えていた。

「可愛いね、亜美は」

もう友だちの母という意識は彼の中からも消えているのか、一人の女として亜美を見つめながらお尻を撫でてきた。

「だめよ、ジョゼ……こんな場所で、やあん」

亜美はむずがってお尻をよじらせるが、ジョゼはおかまいなしにミニスカートをまくりあげた。

今日も彼の求めで、亜美は赤のTバックを着用している。赤紐が深く食い込んだ白い桃尻が、爽やかな風が吹き抜ける海岸に晒された。

「大丈夫だよ、後ろには誰もいないから」

ジョゼは背後を確認すると、亜美のお尻の谷間に指を入れてきた。Tバックをずらして指が捉えたのは、もう完全に性感帯として仕上げられたアナルだ。

「あっ、お願い、だめ、ああっ、人がいるのに、あっ、ああ」

一瞬で肛肉を開いて第一関節まで入ってきた彼の太い指に、亜美は焦りながらカットソーを着た上半身を引き攣らせた。

「だめだって、あっ、あああ、いやっ、あああああん！」

他の人々はけっこう離れた場所にいるので声が聞こえることはないが、日曜の砂浜で身体を、しかもアナルを嬲られる。

亜美は焦りと気づかれたらいけないという恐怖に怯えるが、最近とくに感度を増しているアナルは、一瞬で全身に快感をまき散らす。

「あっ、はあああん、だめえ、あっ、あああっ！」

グリグリとジョゼの太い指が、アナルの内側までこね回している。亜美はもう、たまらない快美感に浸りきっていく。

「あっ、ひあっ、あああん！　深くしちゃ、ああっ、だめっ！」

ジョゼの指が第二関節まで侵入してきた。亜美はさらなる快感で、横座りの身体を崩れそうにしながら、よがり声をあげる。

さすがに気になって周りを見ると、何人かがいぶかしげにこちらを見ている。

「ああっ、ジョゼ、もう許して、ああん、あああっ！」

「ふふ、そんなこと言っても、亜美のアナル、すごく食い絞めてるよ」

「ああっ、だって、あああああ！　声が止まらない、ああっ、あああっ！」

さらに腸壁をほじるような動きまで見せるジョゼの指に、亜美は砂浜に淫らな声を響かせ、タイトなデザインのカットソーに浮かんだ双乳を揺らして悶え続けた。


（お尻で、あんなに感じてる……）

砂浜で豊満なヒップを丸出しにして感じる母と、その奥を嬲るジョゼ。海岸線と道路とを隔てている松林の影から、尚太は淫らな行為にふける二人を見つめていた。

卓球部の試合は、一昨日の時点でケガをしたと言って辞退している。初めて部をずる休みしてでも、尚太は母の痴態が見たかった。

「あっ、ああっ、ジョゼ……ああん、あああっ！」

ジョゼはもちろん、尚太がここから見ていることは知っている。そのうえで、見せつけるように母のアナルを嬲っているのだ。

彼の胸ポケットにあるスマホはずっと尚太のものと繋がっていて、スピーカーを通して母がよがり泣く声もはっきりと聞こえていた。

「ああっ、ああ、だめ！　外なのに、ああっ、私……」

最初はためらっていた母だったが、どんどん声を艶っぽくして、隣に座るジョゼにもたれかかりながら、肛肉の快感に溺れている。

そんな母を嬲りながら、ジョゼはたまに後ろを振り返る。まるで尚太に、お前の母親は自分の女になったぞと言わんがばかりに。

「く、ううう、母さん……」

悔しくて唇を噛みしめているというのに、尚太も興奮が止まらない。肉棒も当然のようにギンギンに勃起していた。

「ああっ、ジョゼ！　私もう、ああっ、だめ……はああん！」

執拗《しつよう》なアナル嬲りに母はついに腰が砕けたのか、へなへなと崩れ落ちて敷物の上に両手をついた。

アナルの快感が強すぎて、座っているのがつらくなったようだ。それを見てジョゼが指を引きあげるが、母は尻が丸出しになったスカートを直そうともしない。

「この続きは、ホテルでしようか？」

「う……うん……」

ジョゼがそう囁くと、母はここでようやくミニスカートを直した。

ただまだ身体に力が入らない様子で、ジョゼにしなだれかかったまま動かない。

（いま、どんな顔をしているんだ……）

二人は松林の中の尚太に背を向けるかたちで座っているので、その表情まではうかがえない。

頬を赤くしているのか、唇は淫靡に半開きになっているか、そんなことを想像すると、尚太の肉棒はさらに熱く勃起する。

母をここまで性の対象として見て、しかも他人とのセックスを覗いている。尚太はもう、あと戻りできないくらいに性的嗜好を歪ませていた。

「今日は、亜美の最後のバージンをもらうよ。お尻の穴、初めてでしょ？」

歯を食いしばりながら、松の木の影でオナニーを懸命に堪えている尚太の耳に、ジョゼのとんでもない言葉が聞こえてきた。

ジョゼは母のお尻の穴まで、その巨根で征服しようとしているのだ。

（母さん……それは、だめだ……）

それを許したら、本当にもう元の母に戻ることはないような気がして、尚太は焦る。

ただ声も出せず、脚も動かない。

「うん……」

どこかで母が拒否することを願う尚太の耳に聞こえてきたのは、甘ったるい母の声だった。

二人は手をしっかりと繋いだまま、砂浜から立ちあがった。

「う……うあ……あああああ」

絶望感に心が砕けていく。尚太は松の木に背中を預けたまま、ズルズルとその場にへたり込んで頭を抱えた。

「じゅる、じゅるるるっ、あふ、んんんんん、んくう」

砂浜から歩いて、数分のところにあったラブホテル。そこで亜美は、褐色のそそり勃つ怒張を、音がするほどしゃぶりあげていた。

ベッドの上に仰向けになったジョゼの頭に、お尻を向けたシックスナインの体勢で覆いかぶさり、喉に亀頭があたるくらいに深く飲み込んでいる。

「おお、亜美、気持ちいいよ！」

もう完全に彼氏として振る舞うジョゼは、ずっと亜美の秘裂ではなく、アナルのほうを指責めしている。

長くて太い褐色の指が肛肉をこれでもかと拡張し、ピストンが繰り返されていた。

「んんん、んふう、んんんん、んん」

指の前後運動によってアナルが開かれると、擬似的に排便させられている感覚に陥る。

排泄も人間にとって快感のひとつであることを自覚しながら、亜美はさらに激しく肉棒をしゃぶりつづける。

「ああ、亜美のお口の中、最高だよ！」

シックスナインの体位なのでジョゼの顔は見えないが、彼の快感の声が耳に響く。するとも心の内から、もっと激しくしたいという思いが浮かび、亜美は舌を亀頭に絡みつかせながら、黒髪を揺らして頭を振りたてた。

「んんん、ふうん、んん」

喉が塞がれて息も苦しいのに、それがまた心地よい。この肉棒に自分のすべてを委ねたい。そんなふうに考えると、身体がさらに熱くなる。

もう亜美の心からは、自分が妻や母であるという思いも消え、ただ一匹の牝となって巨根に溺れていた。

「ねえ、パイズリして、亜美」

背後から、ジョゼの声が聞こえてきた。

「んん……うん」

言われるがままに肉棒を口から出し、亜美はHカップの熟乳で、自分の唾液に濡れている剛棒を挟みしごく。

二つの豊かな柔肉の谷間で、エラの張り出した亀頭部が見え隠れした。

「ああ、気持ちいい！」

柔肉でのしごきあげに快感の声をあげながら、ジョゼは亜美のアナルに入れた指を激しく動かしてきた。

「ああっ、はあん！　お尻、あああああん！」

ピンクに上気した熟れた桃尻を左右にくねらせ、亜美はラブホテルの部屋に甘い声を響かせた。

肛肉が開かれるのも、硬い指が腸壁を擦るのもたまらなかった。

「はうん、あああっ、いいわ！　あああん、あああああっ！」

大きな瞳を妖しく輝かせた亜美は口元に笑みさえ浮かべながら、肉棒を挟んだ乳房を上下に揺らす。

淫靡な快感に翻弄されるほどに、心が満たされていた。

（ああ……なんて逞しい……）

ビクビクと、乳房の間で脈打っている巨大な逸物。その硬さを肌に感じると、胸がキュンキュンと締めつけられる。

その初恋のような感情に、亜美はとてつもない幸福感を得た。

（あの人も……相手の女の人とのセックスに、溺れたのかしら）

異国の地で重婚をした夫とは、いまだ話をしていない。だが、もう彼に対する腹立たしさはない。

夫と同じように、若い肉体に溺れた馬鹿な妻。そんな仲間意識さえ持っていた。

「あああっ、ジョゼのおチ×チン、あああっ、好きよ！」

もちろん、自分が破滅に向かっているのはわかっている。だがそんな背徳感も、性の昂りに変わっていくのだ。

さらに瞳をギラつかせて、亜美は谷間から覗く亀頭にキスをする。その顔にはもう、かつての優しい母の面影はなかった。

「そろそろ入れるよ、亜美」

そう言ったジョゼが、亜美のアナルから指を引き抜いた。たっぷりとピストン運動を繰り返されていたせいか、肛肉がすぐには戻らず中の腸肉が覗いていた。

「う、うん……」

ついにこの剛直を、アナルに入れられる。本来は排泄をするために存在する場所を、性器に変えられるのだ。

いよいよ自分は、あと戻りできない女にされる。それも、息子と同い年の少年によって。

恐怖と同時に、胸の奥が期待に震える。亜美はジョゼに命令されるでもなく、自ら四つん這いになって、その肉尻を突き出した。

「いくよ」

ジョゼは大きく実った尻たぶを強く摑んで固定すると、いきり勃つ怒張の先端をずっと緩んでいる肛肉にあてがった。

「はあっ、はっ、はうっ、くうううう……」

当然だが、指とは比べものにならないくらいにアナルが拡張されていく。

身体が二つに裂かれているような激痛に、亜美は四つん這いの身体をのけぞらせた。

「もう、先が入るよ。そうしたら楽になるから、力を抜いて」

この少年は、女のアナルを犯した経験も豊富なのか。苦悶する美熟女に優しく声をかけながら、じっくりと挿入してくる。

「くうう、うん、はあっ、あくうう……」

そんな恐ろしい少年に身を委ねた亜美は、下半身を脱力して巨大な亀頭を受け入れていった。

「はああっ、あくう、あああああん！」

そしてようやく亀頭の一番太い部分が中に入ると、苦痛も少しはましになった。

「どんどん、入っていくよ」

「ひっ、あっ、ああああ、ゆっくり……くうう、あはうっ！」

ただそれでも、肛肉が大きく開かれていることには変わりない。

そこにジョゼが一気に怒張を押し込んできたので、息が止まりそうになった。

「はああっ、はうっ、くうううう……」

もう腕が震えて四つん這いの体勢を保っているのも苦しくなって、亜美は頭をベッドに突っ伏した。

肛肉が腸の中に入ってくるような違和感に歯を食いしばりながら、シーツを摑んだ。

「ほら、もう全部入ったよ」

ジョゼの腰がヒップの触れ、肉棒がすべて収まりきった。

「あっ、ああ……深い、深いわ、はああ……」

反り返った巨大な怒張が、信じられないくらい奥まで直腸を埋めつくしている。

圧迫感がかなりあり、亜美は戸惑うばかりだ。

「さあ、始めるよ、亜美」

ジョゼは、なよなよと首を振って息を荒くする亜美の桃尻をあらためて強く摑むと、腰を一気に後ろに引いた。

「ひっ、ひぃいいいいいい！」

腸を拡げていた硬いものが、一気に引きずり出されていく。まさにそれは、強制的に排便をさせられている感覚だった。

「ひうっ、あああ、はああん！　これだめ、はあああっ！」

膣やクリトリスとは違うが、それは明らかな快感だった。

腸から背骨、そして頭まで痺れていき、亜美は突っ伏したまま頭だけを起こして絶叫した。

「ふふ、早速、感じてるね、亜美」

強烈な反応を見せる美熟女の、汗に濡れた背中を見下ろしてニヤリと笑ったジョゼは、大きなストロークでピストンを開始する。

「あああ、許してええ！　ああっ、すごいい、ああっ、あああっ！」

雄叫びというような声をあげて、亜美はアナルと腸の大きな快感に、ベッドに突っ伏した身体を震わせた。

怒張が勢いよく入り亀頭が腸の奥を突くと、膣奥にまで衝撃が走る。

「ひううう、はあああっ！　お尻が、だめになってる、あああああっ！」

そしてさらにすごいのは、引かれたときだ。キノコのように傘が張り出したカリ首が腸壁を擦り、竿の部分が肛肉を大きくめくりあげる。

「はあああっ、あああっ、ひあああ！　すごいい、はあああああっ！」

アナルを勢いよく開かれる解放感は凄まじく、亜美はもうケダモノのそのもののような声をあげ、目を泳がせてよがり狂っている。

「初アナルで、こんなに感じるなんて、すごいよ、亜美」

ジョゼはそんな亜美の桃尻に自分の身体を浴びせるようにして、強く怒張をピストンさせてきた。

「だってえええ、あああっ、ジョゼが、　ああああん！　こんなふうにしたの、あああっ！」

自分のすべてを、この褐色の少年に奪われている。ただそれも、亜美はたまらないくらいに心地よかった。

「そうだよ、だから亜美の身体は、僕のものなんだ」

「あああっ、してぇ！　あああっ、もう亜美を、好きにしてぇえ！」

ジョゼに身を委ね、堕ちるところまで堕ちたい。そんな願望に囚われながら、亜美はアナルセックスという禁断の行為に酔いしれていく。

肛肉が開閉するたびに突きあげたヒップが震え、亀頭が深い場所を抉ると衝撃で前の穴まで痺れ、膣口がヒクヒクとヨダレを垂らして脈動した。

「あああっ、いやあああん！　ああっ、ああっ、イッちゃう！　いやあああっ、あああっ！」

今日が初めてのアナルセックス。もちろんここでイッた経験は一度もないが、亜美は本能で、自分が女の極みに向かっていることを察知していた。

「ふふ、とんでもなくエッチだね、亜美は。ほら、もっと感じるんだ！」

ジョゼはアナルに深く入れたまま、亜美の身体を担ぎあげ自分はベッドに尻もちをつく。

背面座位に体位を変え、とどめとばかりに怒張を激しくピストンさせた。

「あああっ、これだめぇ！　ああっ、あああああっ！」

ジョゼの腰の上で大股を開いてアナルを掻き回され、亜美は顔が天井に向くくらいにのけぞった。

小柄な身体とたわわな熟乳が大きく弾み、ベッドがギシギシと音を立てた。

「ああっ、イッちゃう！　あああっ、お尻で、イクうううう！」

そしてもうなにも考えることもなく、亜美は自分を満たしていく快美感に身を委ねていった。

剛直が抉る直腸が熱く痺れ、両足の指がギュッと収縮した。

「イクっ、イクうううううううう！」

下腹部がブルブルと波打ち、それが全身に伝わって激しく痙攣する。

「あああん、すごいっ！　あああっ、あああああん！」

もう自分の身体と心が離れ、全身が性器になったような思いに囚われながら、亜美は激しく絶叫を繰り返した。

「ああっ、あはああん！　ああっ、ああっ、ジョゼ、ああっ、動かないで……」

膣とははっきりと違う絶頂の感覚に下腹を震わせながら、ぐったりと脱力してもたれかかる亜美を、ジョゼはまたすぐに突きはじめた。

汗に濡れ糸が切れた人形のような状態の小柄な身体が弾み、Hカップの乳房がブルブルと波打った。

「あっ、いやっ！　もうイッたから、あああ、あああああっ！」

まだ痺れたままの腸壁を、亀頭から張り出したエラが深く抉る。もういやだと心は思っているのに、下半身がすぐに熱くなった。

「一度だけイッて終わりなんて、もったいないでしょ？　それに、僕もまだ出してないし」

「あっ、あああん！　少し休ませて、ああっ、あああああっ！」

自分の膝の上に跨がった、三十路の熟した身体を、ジョゼはリズムよく突きあげていく。

彼の顔が見えない分、後ろからの声がやけに耳に響く。それがまた亜美の情感を煽りたてていくのだ。

「ああっ、ジョゼ！　ああん、ああっ、はああ、いいっ！」

つらいという思いはすぐに消え去り、亜美は直腸を埋めつくしている硬い剛棒にすべてを預けてよがり泣いた。

腸を硬いモノで、埋めつくされる感覚がたまらない。

「ノッてきたね、亜美」

背後から亜美の双乳を強く揉みしだきながら、ジョゼはベッドの反動を利用してピストンのスピードをあげてきた。

「ああっ、あああああっ！　だって、ああっ、すごく、あああっ、擦れてるの！」

亜美はもう夢の中にいるような感覚に陥り、大きく唇を開いてなよなよと汗に濡れた頭を横に振って喘ぎつづけた。

怒張が出入りするアナルはずっと痺れきり、その上にあるピンクの肉裂は膣口からだらだらと淫液を垂れ流していた。

「はあああん、ああっ、たまらない！　ああっ、好きよ、ジョゼ、大好きぃ！」

身も心も砕けるような快感を与えてくれる少年にすべてを委ねて、亜美はホテルの部屋に絶叫を響かせつづけた。

「僕も、愛してるよ、亜美！」

ジョゼはそんな亜美の頭を太い腕で引き寄せると、舌を強く絡めて唇を吸ってきた。

「私も、んんんんん、んくううう」

もう身体中の全部の穴を塞いで欲しい。そんな思いまで抱きながら、亜美も彼の舌を貪った。

「んんん……ぷは……亜美はもう、僕のものだ。いいよね？」

ようやく唇が離れると、ジョゼはまたピストンの勢いを強くした。

「ああっ、ああああん！　そうよ、ああああん、亜美は、全部ジョゼのものよ！」

めくるめく快感のなかで、亜美は躊躇なく叫んでいた。ジョゼとこの腸の奥まで達する巨根から、離れるなど考えられなかった。

「僕と尚太と、どっちが好き？」

唇の横からヨダレを、瞳からは涙を流して喘ぐ亜美の耳元で、ジョゼが囁いてきた。

「ああ、そ、それは、あっ、ああああっ！」

その質問にすぐに答えられなくて、亜美ははっとなった。前に同じことを聞かれたときは、即答で息子だと答えたのに。

返答に困っている時点で、もう心は決まっているのかもしれない。

(ごめんね、尚ちゃん……)

だめな母親を許してほしい。どれだけ嫌われて、罵倒《ばとう》されてもかまわない。そのくらい亜美は、全身を蕩けさせる快感に魅入られていた。

「ねえ、どっち？　僕と尚太と」

ジョゼは再びそう聞いてくる。もちろんその間もずっとピストンは続いていて、開ききったアナルは開閉を繰り返していた。

「ああっ、ジョゼよ！　ああああん、あなたより愛してる人なんて、この世にいないわあっ！」

ついに亜美は、禁断の言葉を口にしてしまった。だがそれでいいのだ、幸せなのだと、開き直ったような思いに亜美はなった。

「あああっ、いい、お尻！　もっと突いてえ、あああああっ！」

すると、快感が一段階あがった。腸壁もさらに敏感になり、膣よりも感じているような感覚だ。

「いくよ、最後まで！　僕も出すよ、うおおおお！」

ジョゼは自分の膝に跨がった亜美の両脚を持ちあげ、怒張をこれでもかと突きあげてきた。

背面座位の格好で貫かれた亜美の白い身体が完全に宙に浮かび、長大な逸物が大きなストロークで肛肉を開閉させた。

「はあああん、すごいいいい！　ああっ、亜美、イク、イッちゃううう！」

もう唇を閉じることもなく、開いた瞳からは涙を溢れさせて亜美は絶頂に向かう。

その涙が息子に対する申し訳ない気持ちからなのか、それともあまりの快感に歓喜して流れ出したのかわからない。

ただもう、そんなことはどうでもよかった。

「あああっ、イクうううううう！」

腸壁の強烈な痺れに呑み込まれ、亜美は大きく股を開いた身体をのけぞらせた。巨大な双乳が千切れんがばかりに躍り、ずっとヒクついている秘裂から愛液が飛び散った。

「僕もイク、くうう！」

続いてジョゼも達し、精液が亜美の腸内で放たれた。剛棒が脈打ち、粘っこい液体が発射された。

「ああっ、お腹の奥にキテる！　ああっ、すごい、ああっ、もっと、あああっ！」

膣と違って止まるところがないので、精液がどこまでも流れ込んでくる。

もう内臓までジョゼという強い牡に奪われているのだと感じながら、亜美は歓喜の涙を流しつづけた。

「くうう、僕よりも……」

ジョゼと母が入ったホテルから、ほど近い場所にあるネットカフェの個室ブースで、尚太は母の狂ったかと思うような声を、スマホに繋がったイヤホンで聴いていた。

ついに自分よりも、ジョゼが大事だと告白した母。よがり狂う母を目《ま》の当たりにした日から、いつかそんな日がくるような気はしていたが、いざ耳にすると涙が止まらない。

（なのに、僕はどうしてこんなに……）

息が苦しいくらいにつらいのに、肉棒の勃起が収まらない。もう何回射精しただろうか。足元には青臭いティッシュが、いくつも転がっていた。

母に捨てられたような思いで泣いているというのに、なぜこんなに興奮しているのか、尚太は理解が追いつかない。

「まだまだ、イケるよね、亜美ママ」

あれだけ母を崩壊させておいて、ジョゼはまだ続けるつもりだ。もうやめてくれという思いがあるのに、イヤホンを外すこともできず、肉棒からも手が離せなかった。

「あっ、ジョゼ！　あああん、あっ、次は前がいい、くうん！」

イヤホン越しに、母の甘ったるい声が聞こえてきた。まさに女になった母の様子に、また尚太は昂っていく。

「あんたはもう、牝犬だよ、母さん……」

響きだした母のよがり声を聞きながら、尚太はイスに身を委ねたまま、一心不乱に肉棒をしごきつづけるのだった。

第七章　甘美な孕ませ3P性活

「えっ、またジョゼくんが、泊まりにくるの？」

「そうだよ。英語のテストが近いからね。またいっしょに勉強さ」

「そ……そう……なんだ」

　ジョゼが家に泊まりに来ると告げたとき、母は驚いた顔をしたが、別段取り乱したりはしなかった。

　そしてそのあとの顔を、尚太は見逃さなかった。

（なにを、期待してるんだよ……）

　尚太が見つめていることに気がついていない母は、頬を赤く染めて微笑んでいる。

　息子がいるこの家で、一晩中ジョゼに犯されることを期待しているのか。

（もう、ジョゼにやりたいって言われたら、断る気持ちもないんだな……）

母はそこまで、身も心もジョゼのものになっている。そしてそれは、尚太も同じかもしれない。

泊まりたいと言いだしたのはジョゼのほうだ。ただ尚太も、即答でそれを了承した。褐色の巨根によがり狂う牝の姿を見たいという歪んだ思いが、すべてに勝っていた。

「じゃあ、お夕飯は張りきらなきゃね！」

声を弾ませる母の胸元やお尻を、尚太は目を血走らせて見つめるのだった。


いちおう試験勉強をしていた尚太とジョゼのために、母はおやつや夕ご飯を用意してくれたのだが、ジョゼが来る前から、外ではとても着られないような露出的な服装でいた。

上は黒のタンクトップで、胸元が緩くてブルーのブラジャーがときどき見えている。下は完全に太腿が露出した、白いショートパンツ姿だった。

「今日は、暑いわね」

薄い生地に乳首の形を浮かべたまま、たわわなバストを揺らす母は、尚太の前に来たときは顔を真っ赤にして恥じらっているのだが、決してその豊満な身体を隠そうとはしない。

苦しい言い訳をする母が、いまだジョゼとの関係が尚太にばれていないと思っているのが、少々滑稽《こっけい》でもあった。

（いや……もうそんなこともどうでもよくなるくらい、ジョゼのチ×ポに溺れているのか？）

尚太が先に風呂に入ると言ったら、ジョゼもいっしょに入ると強引にやってきた。浴槽に尚太がつかり、ジョゼがシャワーを浴びているのだが、だらりとしていても巨大でどす黒いものが目についた。

（僕のとは、まるで比べものにならないな……）

湯の中にある自分の股間を見ると、尚太は敗北感に打ちひしがれる。母だけでなく、ジョゼのあとに自分が挿入しても、女性はまったく感じないのではないか。

もちろん尚太は未経験で、女の身体のことなどなにもわからないが、本能で牡として彼にはとうていかなわないと自覚していた。

「あ、やべえ、亜美のこと考えてたら、勃起してきたよ」

もう母のことを尚太の前でも呼び捨てにしているジョゼが、下を見て呟いた。まだ泡がまとわりついている下半身の真ん中で、逸物がみるみる立ちあがってきた。

彼の股間に目線やっていた尚太は、その様子を目の当たりにして目を見開いた。

「うわあああ！」

縮んだ状態でも大きなモノが、さらに膨張しながら天井に向かって反り返った。

一気に動物の角のような状態になり、カリ首を隆々《りゅうりゅう》と見せつける逸物に、尚太は変な声をあげてしまう。

「なんだよ、そんな怪獣見た人みたいな声、出すなよ！」

ジョゼは日本に来て、特撮作品が好きになったと言っていた。そんな子供っぽさも持つ一面と、怒張の凶暴さのギャップがまたすごい。

（こんなの入れられたら、女の人はみんなだめになっちゃうんじゃないのか……）

感じる場所をこんな巨大なモノで掻き回されたら、女はみんな狂ってしまうのではないだろうか。

もちろん尚太に女性の快感など微塵もわからないが、母が溺れてしまうのも仕方がないのではないかと思った。

（また今夜も……）

ジョゼはあのタンクトップの隙間から覗く乳房を揉みしだき、ショートパンツの中の膣やアナルを犯しまくるのだろうか。

それを想像すると、今度は尚太も勃起してしまった。

「あれっ、尚太も、大きくなってるじゃん！」

ジョゼはめざとく、尚太の股間の変化にも気がついた。

「あれっ、僕のチ×チン見て勃つなんて。尚太って、もしかしてそっちの趣味？」

ジョゼはふざけた調子で、自分のお尻を両手で隠した。

「ば、馬鹿言うな！　誰がお前なんか見て……」

浴槽の中で音を立てて立ちあがった尚太は、洗い場のジョゼを指差して文句を言う。

ただ母と親友のセックスを想像して勃起していたとは、もちろん言えなかった。

「来て、亜美ママ、大変だよ！」

突然、浴室のすりガラスのドアを開いたジョゼは、リビングにいるであろう母を大声で呼んだ。

まだ尚太と三人のときには、ちゃんと亜美ママと呼んでいる。

「お、おい、なに考えてんだ、ジョゼ、やめろ！」

驚く尚太の腕をジョゼは抱えて、座らせないようにする。彼の顔はいたずらっぽく笑っていて、ろくでもないことを考えているのはわかっている。

「どうしたの？」

母の慌てた声が聞こえきた。尚太は焦るが、若さゆえか一度勃起した肉棒は、すぐには萎《しぼ》んでくれなかった。

「なにかあったの？　きゃあああ！」

脱衣所に入り、開け放たれた浴室のドアの前に立った亜美は、悲鳴をあげて唇を塞いだ。

自分の息子と恋人が、全裸で肉棒を勃起させて立っているのだから当たり前だ。

「ねえ、亜美ママ、僕のチ×チンと尚太の比べて、どう？」

ふざけた調子で、ジョゼは笑いながら亜美に聞いた。ただ無邪気なだけなのか、それとも悪意を持っているのかはわからない。

「そ、そんなの聞かれても……」

そして母は、顔を赤くして目線を背けた。やめろと怒ることもなく、ただ恥ずかしげに顔を伏せている。

そんな母からは、一気に女の香りが漂ってきた。男の逸物を見て、欲情を燃やしていることが尚太にも感じ取れた。

「なんだよ、ちゃんと答えてよ」

変な発音で言ったジョゼは、母の手を引いて無理やり浴室の中に引きずり込んだ。

そして背後から母の身体を抱えるようにしてしがみつき、ショートパンツのホックを外した。

「いやっ！」

母は慌てて身体をよじらせるが、白のショートパンツは一瞬で膝まで落ちた。

「えっ！」

続けて声をあげたのは尚太だった。母はパンティを身に着けてはいるのだが、そのデザインはあまりに過激だ。ブルーの三角形の布が股間にはりついているような状態で、腰のところは完全に紐だ。

しかもその三角布の真ん中にはスリットが入っていて、なんのために穿いているのかわからないようなパンティだ。

「ねえ、亜美、ちゃんと言ってよ」

もうママとつけるのもやめたジョゼは甘く囁きながら、母のムッチリとした太腿の間に、いまだ勃起したままの巨根を差し込んだ。

そしてしっかりと母を抱き寄せ、腰を前後に動かして肉竿を擦りつけた。

「あっ、いやっ、お願いだから……ジョゼ、あっ、ああああっ」

母もまた反射的にジョゼのことを呼び捨てにし、過激なパンティを穿いた腰をくねらせている。

ただ嫌がりながらも、はっきりと拒絶している感じではない。脚の動きも徐々に力が抜けていっている。

「お願い、ああっ、尚ちゃん……ああっ、違うの、ああっ」

タンクトップが脱げかかり、パンティと同じ色のブラジャーからはみ出た上乳を覗かせた母は、首を振って正面に全裸で立つ息子に訴えてきた。

大きな瞳には涙が浮かんでいるが、半開きの唇からはずっと甘い吐息が漏れている。

(間近で見ると、やっぱりエロい……)

一気に牝の昂りを見せはじめた母に、尚太は魅入られていく。たっぷりと肉が乗ったヒップを揺らし、首筋から太腿に至るまで、白い肌がすべてピンクに染まっている。

淫らな声が絶えず漏れて浴槽に響き、股間からも粘っこい音が聞こえてきた。

「あっ、ああっ、だめ……見ないで、尚ちゃん」

前屈みになり、切ない顔で尚太に訴える母だが、その大きな瞳は妖しく潤み蕩けきっていた。

「全部、知ってるよ。母さん……」

かすれ声でそう言った尚太は、目の前の母のタンクトップに手を伸ばして、一気に引き剝がした。

投げ捨てられたタンクトップが、浴槽に立つ尚太の足元のお湯に沈んでいった。

「えっ……」

息子の言葉に母は絶句したまま、ブルーのカップのほとんどがシースルーになって、乳首も透けている胸元を晒して立ち尽くしている。

「えっ？　ちょっと、どういうこと、きゃっ！」

ジョゼが背後からブラジャーのホックを外すと、前屈みになっていた身体からカップが落ちて、たわわな熟乳がこぼれ落ちた。

母はここで、ようやく声をあげて胸を隠そうとするが、それよりも早く尚太はブラジャーをむしり取った。

「こんな格好でうろうろして、本当に僕が、気がついていないと思ったの？」

ブラジャーを投げ捨て、尚太は母の腕では覆いきれない巨大な乳房を強く揉みしだく。指が柔肉にどこまでも沈んでいくような感触に、気持ちがどんどん昂っていく。

「あ、尚ちゃん！　あっ、だめ、お願い、あっ、ああん！」

吸いつくような肌の感触を味わいながら、乳房を揉み乳首を引っ掻くと、母の声がさらに大きくなった。

美しく優しい母に、女の声を出させている。そのことが、尚太の興奮にさらに拍車をかけた。

「母さんが、こんなに、淫乱な女だったなんて……」

目を血走らせながら、尚太は取り憑かれたように、母の双乳を揉み続けた。

「あっ、ああっ、ごめんなさい！　あっ、あああっ！」

母はもうごまかすことはせずに謝っている。ただその間も、淫らな声は止まらない。

それは、愛する息子に乳房や乳首を責められているからではない。ジョゼの巨根が、先ほどからずっと肉唇を擦りつづけているからだ。

「すごく熱いよ、もう欲しいんだね、亜美」

もう隠す必要もなくなり、ジョゼは堂々と母にそう言って、挿入体勢に入った。

「あっ、ジョゼ、ちょっと待って！　ああっ、ここではいやっ！　あっ、だめっ、ああっ……」

さすがに息子の目の前で、本番行為は許されないと思ったのか、母は急に声を大きくした。

だがジョゼは、そのまま一気にパンティのスリットに向けて逸物をぶち込んだ。

「あっ、あああっ、はあああん！」

一瞬で母の声色が変わり、小柄な身体が大きくのけぞる。そのあと、へなへなと上半身が前に倒れてきたので、尚太が肩を支えた。

「もう、ドロドロじゃん、尚太に見られて、興奮してるのかな？」

ジョゼが腰を抱き寄せているので、母は立ちバックで肉棒を受け入れるかたちになった。

褐色のジョゼの身体が躍動し、荒々しいピストンが始まった。

「あっ、あああっ、見ないで……ああっ、あああん！」

ジョゼの腰が母のヒップにぶつかり、パンッパンッと大きな音を立てる。

パンティは穿いたままだが後ろは完全に紐になっているので、尻たぶが大きく波を打っていた。

「どうだい？　尚太、エッチだろ、お前のママは」

前屈みの母の腰を持ち、ジョゼはさらにピストンを激しくしていく。

尚太が結合部を覗き込むと、パンティに入ったスリットの間からピンクの肉唇を覗かせる秘裂に、どす黒い怒張が激しく出入りしていた。

「ああっ、いやっ！　尚ちゃん、見ちゃ、だめえ！」

自分の肩を支えている尚太が結合部を見ていることに気がついて、母は泣き声をあげて首を振った。

「エロすぎるよ……母さんのオマ×コ。ジョゼのチ×ポが、好きで好きで、たまらないんだね……」

ただもう尚太はそんな母を見ても、可哀想だという感情は微塵もない。その熟れた肉体を見つめながら、蔑《さげす》むような言葉を吐いた。

目の前の美熟女は、自分を興奮させる淫らな牝犬。ただ、そんな思いだった。

「ああっ、言わないでえ！　あああん、ああっ、あああああっ！」

ついに母は、瞳から涙を溢れさせた。だが尚太の目には、それすらも悦びの涙にしか見えなかった。

「おおっ、締まってきたよ、亜美。尚太に、スケベなところ見られて、興奮してるんだね？」

ジョゼは肉棒を打ち込みながら、そんな言葉を口にした。この異常な状況でも、母はさらに肉体を燃やしているというのか。

（もう本当に、元の母さんじゃなくなったんだね……）

赤らんだ母の頬を持って自分のほうを向かせ、潤んだ瞳を見つめる。

「ああっ、見ないでえ！　あああん、ああっ、お願いいい！　あああああっ！」

尚太に視姦されるのを嫌がりながらも、どんどん喘ぎ声を大きくしていく母。すでに尚太の興奮も極限に達し、肉棒ははち切れそうだ。

身体のうちでどす黒い欲望が渦巻き、尚太は自分の亀頭を目の前で半開きになっている母の唇に持っていった。

「いっ、いやっ！　だめ、やっ……」

母は慌てて顔をねじって、尚太のモノをかわそうとする。亀頭が汗に濡れた頬に突き刺さった。

「尚太も、気持ちよくしてやりなよ。亜美が、エッチなところばっかり見せるから、収まりがつかないんだよ」

自分の女となった母に肉棒を突き出した尚太を見ても、ジョゼはいやな顔など見せず、あっさりとそう言った。

そしてさらにピストンを激しくして、母を追いつめていく。

「あっ、あああっ、それだめっ！　ああっ、あああっ、すごいいい、ああああっ！」

もう母は、ジョゼの肉棒に身も心も支配されているのだろう。一瞬で息子の存在など忘れたかのように、快感に溺れていく。

立ちバックの体勢でたわわな熟乳を揺らしながら、洗い場に伸びた肉感的な両脚を自ら開いていった。

「そうだよ、責任とってよ、母さん……」

完全に悩乱している母の口元に、あらためて尚太は肉棒を突き出した。

「ああ……責任……ああ……んふ」

うっとりとした顔を見せた母は、もうためらいなく息子の肉棒にキスをして、口内に呑み込んでいった。

「尚ちゃん……んん、んく、んんんん、あふ、んんん」

大胆に舌を絡めて、母は息子の肉棒を吸いはじめる。腰を九十度に曲げたグラマラスな身体がさらに赤く染まり、目の前の二本の肉棒に興奮をさらに高めている様子だ。

(ああ……母さんの口、温かい……)

尚太もまた、母の体温と唾液の粘り気に酔いしれていた。もう母の心は自分に向いていないとわかっていても、愛しくてたまらない。

「んんんん、ふぐ、んんん、んくううう」

母はいま、なにを思っているのだろうか。強く目を閉じたまま、激しく尚太のモノをフェラチオしている頬をすぼめて、鼻で荒く呼吸をしている。

「あうっ、母さん！　気持ちいいよ、くううう……」

亀頭の裏からエラを拭《ぬぐ》うように、母の舌が絡みついてくる。尚太は膝をガクガクと震わせながら、母の頭を強く摑んだ。

そして本能で自分の腰を動かし、母の喉奥に向かってピストンする。

「んんんん、ふぐう、んんんん、んくううう」

母は一瞬だけ驚いた様子で目を開いたが、すぐにうっとりとした表情で、尚太の肉棒を喉の奥で受け止めている。

苦しいはずなのに頰は赤く上気し、揺れる双乳の先端は鋭く尖っていた。

(きっとジョゼの大きいので慣れてるから、僕のものなんか、たいしたことないんだろうな……)

母の媚肉を大きく引き裂いているジョゼの巨大な逸物と尚太の肉棒では、どれだけ硬くなってもまるで比べものにならない。

あんな巨根をいつもしゃぶっている母は、きっと物足りないと思っているに違いない。そう思うと悔しくてたまらないが、なぜか尚太は背中がゾクゾクと震えるのだ。

「ああぁっ、母さん、母さん!」

敗北感が昂りに変わっていく。中学生の身で、そんな性感を自覚する自分が恐ろしくもなるが、尚太ただその感覚に身をまかせいた。

「おお、亜美、すごく締めてきたよ!」

ジョゼのその言葉に、尚太はドキリとして顔をあげた。母は息子のモノを舐めながら快感を深めているのだ。

とんでもない地獄に堕ちていく背徳感に、尚太はさらに肉欲を燃やし、夢中で母の喉奥に向かって腰を振りたてた。

「んふ、んんんん、んふううう」

立ちバックの体勢のグラマラスな身体を動かさずに、前後からのピストンを母は目を閉じて受け止めている。

母もまた、息子とその友だちに串刺しにされるという、禁断の行為に酔いしれているのだ。

「くううう、僕、もうだめだ……ううう！」

永遠にこの淫靡な牝を突きつづけていたかったが、若い尚太の肉棒は長い時間耐えるのは無理だった。

それでも腰を止めることはできず。尚太は射精へと向かった。

「僕もイクよ、尚太！　いっしょに出そう、うおおお！」

ジョゼも白い歯を食いしばりながら、母の尻たぶが波打つほど腰を叩きつけた。

「う、うん、くううう、もうイク！　もう出る、ううう！」

母の頭のしっかりと摑んで固定し、尚太は喉奥に向かって怒張を爆発させる。

「僕もイクよ、亜美、出すよ！」

褐色の身体を震わせて、ジョゼも気持ちよさげな声をあげた。二人は本当に同時に射精し、母の上下の穴に熱い精を放った。

「んんん、んく、んんんんん」

それを母は、腰を曲げた身体を微動だにさせずに受け止めている。喉の近くで放たれた尚太の精液を、大胆に吸う動きまで見せながら飲み干していった。

「ああっ、母さん、くうう、ううう……」

蕩けるような思いで、母の口内に尚太は何度も性を放ちつづけた。これ以上の快感がこの世にあるのだろうかと思うほど、身も心も蕩けていた。

「あふ……んん……ぷは……ああ……尚ちゃん」

射精がようやく終わり、尚太は母の口の中から肉棒を抜いた。切なそうな瞳で尚太を見あげる母の口元から、飲み干せなかった精液が糸を引いている。

「ああ……母さん……すごく、気持ちよかったよ」

母の放つ淫気に尚太は魅入られながら、そう呟いていた。女の顔になった母は最高に美しく、そして最高に淫靡だ。

「ふう、たくさん出しちゃった。お薬飲んでるから、大丈夫だよね？　亜美」

射精を終えたジョゼは、笑顔を見せながら身体を起こした。ジョゼが先日話していたが、最近は母が避妊薬を飲んで常に生で行為をしているらしかった。

「え……まだ……勃ってる？」

精液や愛液にまみれている彼の肉棒は、いまだギンギンに勃起したまま猛々しい姿を見せつけている。

尚太の股間のモノは完全に萎んで、だらりと下を向いているというのに。

「はは、僕も亜美も、すごくエッチだから。いつも、一回じゃ終わらないね」

シャワーを出して怒張を流しながら、ジョゼはいつもの変な発音で笑った。

強めの水流を弾きながらそそり勃つ姿が、よけいにジョゼの牡としての強さを強調していた。

「そ、そんなの……尚ちゃんの前で、言わないで」

紐が食い込んだTバックだけの身体を隠そうともしない母は、ただ切なげに顔を横に伏せる。

はっきりと否定したり言い訳をしないところが、ジョゼに身も心も奪われている証拠だと感じさせた。

「さあ、この続きは、ベッドでしようね」

もう隠す必要もなくなり、ジョゼは大胆にそう口にして母の腕を引いた。

「ごめんね……尚ちゃん」

母は泣きそうな顔をしているが、そのままジョゼに手を引かれて浴室をあとにした。

「母さん……」

去っていく二人を呆然と見つめながら、尚太はもう自分がたち親子が元に戻ることは、一生ないのだと思った。


「ひどいわ、ジョゼ！　どうして尚ちゃんに……」

寝室に入るなり、抱きしめてきたジョゼの腕を振り払い、亜美は涙声をあげた。

尚太は以前から、ジョゼとの関係を知っていたと言った。ジョゼが話していなければ、それはありえないことだ。

「いいじゃん、どうせ、いつかばれるよ。だって亜美と僕は、恋人同士なんだから」

「そ、それは……きゃっ」

息子にすべてが露見していたことを知り混乱しているなかでも、ジョゼの口から恋人という言葉が出ると、胸の奥がキュンと締めつけられる。

動きが止まった亜美を、ジョゼはそのままベッドに押し倒した。

「亜美だって、尚太にごまかしたり、しなかったじゃん」

仰向けでベッドに寝た亜美の首筋にキスをしながら、風呂場で少し濡れてしまったブルーのTバックをジョゼは脱がせていく。

もともと身体を隠す役目も果たしていないようなパンティだったが、あらためて陰毛や秘裂が外気に触れると、少し不安な気持ちになる。

だが同時に、膣奥や子宮の辺りがずきりと疼くのだ。

「ああ……だって……」

そんな自分が亜美は情けないが、女の昂りに全身の力が抜けていく。

息子になにひとつ言い訳をしなかったのも、もう自分がそんな女になっているのがわかっていたからだ。

「ひどい人……」

亜美は三十五歳で、ジョゼは中学生だ。そんな歳の差があるというのに、彼の思うように身体も心も造り変えられてしまった。

涙が出そうになるくらいに悲しいが、添い寝する彼の筋肉質の身体の逞しさを感じているだけで、下半身がさらに熱くなった。

「僕のこと、もう嫌いになった？　尚太のところに、行きたい？」

この少年は、どこまで女の気持ちを揺らがせる術《すべ》を知っているのだろうか。亜美がいま、一番聞かれたくない言葉をぶつけてくる。

ただもうどちらを選ぶのかは、亜美の心は決まっていた。

「ああ……大好きよ、ジョゼ……」

息子に申し訳ないという思いを抱きながらも、亜美は隣に横たわるジョゼにしがみついた。

彼がいなくなると想像しただけで胸が締めつけられ、泣きそうになってしまう。

「ありがとう、亜美。じゃあ、入れるね」

ジョゼは彫りの深い顔をほころばせると、横寝の状態で抱きついている亜美の片脚だけを持ちあげた。

「ええっ、いま？　あっ、あああああん！」

もう一本の脚は伸びているので、丸出しとなった秘裂に向かって野太い逸物が勢いよく侵入してきた。

まだ浴室での余韻が残っている媚肉はあっさりと口を開いて、亀頭を最奥にまで受け入れた。

「ああっ、いい、いいわ、ジョゼ！　ああああん、はあああああん！」

ジョゼはそのまま、器用に腰を使ってピストンを開始する。亜美は横寝の身体の前で、熟乳を揺らしながら一気に顔を蕩けさせる。

（ああ……これなしじゃ、もう生きていけないわ……）

鉄のような硬さと、炎のように熱い怒張。ずっと濡れ崩れた状態の媚肉をカリ首が強く抉ると、強烈な快感が全身を痺れさせる。

頭の芯まで響くようなその強さに、亜美はもうこの悦びを知らなかったころの自分に戻ることはないと自覚するのだ。

（尚ちゃん、許して……だめな、お母さんを……）

父に重婚され、母が親友とセックスばかりしているいまの状況が、どれほど息子を傷つけているだろうか。

自分の罪深さが本当にいやになるが、それすらも快感に押し流されていく。

「あああっ、ジョゼ！　ああああん、もっと、もっと突いてえ！」

この肉棒に身を任せているときは、すべてを忘れられる。亜美は大きな絶叫を響かせながら、ただよがり狂った。

「ふふ、亜美の中が、きつくなってきたよ。リクエストどおり、もっと強くするね」

ジョゼは亜美の中から一度肉棒を引き抜くと、太く逞しい腕を亜美の腰に回して担ぎあげた。

小柄な亜美を軽々と持ちあげ、対面座位で挿入しようとしてきた。

「ああっ、ジョゼ……あっ、あああん、はあああん！」

もちろん亜美もその動きに合わせて自ら脚を開き、ベッドに座る褐色の少年の股間に、熟れた桃尻を下ろしていく。

媚肉を大きく割り開き、巨大な亀頭が侵入してくる感覚に喘ぎながら、大きく背中をのけぞらせて喘いだ。

「ああっ、ジョゼ！　あああん、いいっ！　あああっ、すごいわ、あああああっ！」

対面座位で挿入を受けると股間同士の密着度があがり、より深く亀頭が膣奥に食い込んでくる。

巨大なHカップの熟乳を躍らせながら、亜美は自ら身体を揺さぶって、剛直を貪りだした。

「ふふ、亜美、すごくエロいよ。エッチなママを見て、尚太もきっと興奮してるよ」

ジョゼも亜美のリズムに合わせて腰を使っていて、太く長い肉棒は大きなストロークで強く叩きつけられている。

遥か年上の熟女を翻弄しながら、ジョゼは白い歯を見せて笑い、身体全体を揺すってきた。

「あああん、言わないでぇ！　あああん、尚ちゃんには、あああん！　ひどいことしたのよう、あああああっ！」

ようやく快感のおかげで、息子のことを振り切れそうになったというのに、また思い出してしまった亜美は涙声で訴えた。

「でも、僕のチ×ポが一番なんでしょ？　僕のおチ×チン、大好きって言って！」

亜美のほどよくくびれた腰を抱き寄せながら、ジョゼは激しい突きあげを繰り返し、やけに大きな声をあげる。

小柄ながらに肉感的な白いボディが大きく上下にバウンドし、彼の膝に肉尻がぶつかってパンパンと乾いた音を立てた。

「ひあん、あなたが好きよ！　あああああん、尚ちゃん、あああん、スケベな母さんを許してぇ！　ああっ、ジョゼのおチ×チンが、一番大好きになっちゃたの！」

快感に全身が砕けそうになりながら、亜美はもうなにも考えることなく、そう叫んでいた。

ジョゼの巨根から逃げられないというのも、尚太に申し訳ないという気持ちも、すべて心の底からの本音だった。

「いるんだろ、尚太。入ってきなよ！」

そんな美熟女を、巨大な怒張で翻弄しつづけるジョゼが、寝室のドアのほうを向いて大声を出した。

「母さん……」

聞き慣れた声にはっとなって振り返ると、そこには尚太が立っていた。

息子は腰にタオルを巻いただけの姿で、少年らしい華奢な胸板を晒しながら立ち尽くしていた。

「あああん、ごめんね、尚ちゃん……あああっ、私、ああっ！ ジョゼの、奥さんにされちゃったの……この大きな、おチ×チンのものに、されちゃったの！」

絶え間ない快感によがりながら、亜美は涙に濡れた瞳を息子に向けた。だが、許してほしいとは思わなかった。

息子を愛する気持ちは変わらないから、それはつらくてたまらないが、ジョゼを受け入れているときの満たされた気持ちからは、決して逃れられなかった。

「牝に、なったんだね……母さん」

どこか虚ろな目をした息子は、そんなことを呟きながら、母と親友が繋がったベッドに近寄ってきた。

　彼の手は腰のタオルの中に突っ込まれていて、激しく肉棒をしごいている。

「そうよ、あああん！　お母さん、ジョゼの、牝犬になったの、あああああっ！」

　息子の言葉に返事をしながら、亜美は強くジョゼの肩を摑んでのけぞった。背徳感が強くなるほど全身が熱く痺れ、彼の腰に回している両脚は絶えず引き攣っている。

「牝になった母さん、最高だよ……どんなAV女優より、興奮するよ……」

　尚太は自ら腰のタオルを剝ぎ取ると、しごきつづける肉棒をよがる母の前に突き出してきた。

「エロい母さんを見ながら、オナニーするのがたまらないんだ！　誰より興奮するよ、ううう……」

　言葉のとおり、しごきつづけている息子の肉棒の先端からは、大量のカウパーが溢れ出して糸を引いていた。

　ジョゼと同様に、先ほど射精したばかりだというのに、若さというのは恐ろしい。

「ふふ、すごいね、尚太。よしっ！」

　異常な興奮状態にある尚太を見て、なにかを思いついたような顔をしたジョゼは、亜美をさらに強く抱き寄せ、そのままベッドにひっくり返った。

「きゃっ、なにを、あっ、あああん！　いやっ、だめっ、尚ちゃん、見ないで！」

仰向けに寝たジョゼの上に覆いかぶさるかたちになった亜美は、先ほどとは異なる角度で食い込む肉棒に喘ぎながら、後ろにいる息子に訴えた。

両脚がジョゼの腰に跨がるようになっていて、どす黒い巨根を呑み込んだ愛液まみれの秘裂が、丸出しになっているからだ。

「浅ましい、オマ×コだね……ヨダレが出てるよ、母さん」

いくら牝であると認めたといっても、さすがに実の息子に結合部を見られるのは許されないと、恥じらう母に蔑みの言葉をかけながら、尚太はベッドに乗って覗き込んできた。

「ああっ、尚ちゃん！　ああっ、だめ、あああっ！」

なよなよと首を振る亜美だったが、なぜか胸の奥が締めつけられ、切なげに喘いでしまう。

どこまでも堕ちていく感覚が、たまらない。

「尚太と亜美は親子だから、オマ×コはだめだけど、アナルなら、入れてもいいんじゃない？」

無邪気に、そして少し変な発音で、ジョゼは恐ろしい言葉を口にした。

「だ、だめっ、それだけは！　恐ろしいこと言わないで、ジョゼ！」

懸命にジョゼに向かって叫び、亜美は後ろを振り返った。たとえ赤ちゃんができない場所であっても、親子がセックスをするなど許されることではない。

「さっき、フェラチオしたし、同じでしょ」

一気に瞳をギラつかせた息子は、亜美の熟れた桃尻に腰を近づけてきた。

「い、いやっ、ち、違うわ！　お口でするのとは、ああ、尚ちゃん、だめっ！」

もう息子が、完全にやる気になっているのがわかる。ただこれをしてしまったら、いよいよ本当に親子でいられなくなる。

亜美は大きな瞳から涙を流しながら、必死で訴えた。

「尚太、ママのアナルを、おチ×チンで、ツンツンしてみな」

ジョゼのほうは、あまり重くは考えていないのだろう。いつもの調子で尚太に言い、覆いかぶさる亜美の身体を強く抱きしめて逃げられないようにした。

「こうかい？」

母の肉尻に両手を置いた息子は、肉棒の先端で軽くアナルと小突いてきた。

「あっ、いやっ、だめっ！　あっ、はう、はああっ！」

絶対に許されないとわかっていても、熱を持った亀頭が触れると、身体が勝手に反応してしまう。

そんな自分の身体が情けなくて涙が出るが、もう意志の力ではコントロールできなかった。

「あっ、開いてきた」

母の肉尻を蔑むような目で見つめていた息子が、驚いた顔をして声をあげた。

「ふふ、亜美のアナルは、おチ×チンが欲しくなったら、開くんだよ」

亜美の身体を自分の上に乗せたまま、ジョゼはしたり顔で笑った。

「なんてビッチな牝だ！　母さんは……」

興奮しきった顔の尚太は小刻みに怒張を動かして、肛肉を小突く動きを繰りかえす。

「はうっ、言わないで……ああっ、はあああっ！」

アナルからどんどん力が抜けていって、剛棒を受け入れる体制になっている。

肛肉がジーンと痺れ、勝手にヒップが横に揺れだし、肉棒を待ち望んでいるかのような動きまで見せていた。

「ほら、亜美、欲しいんでしょ？　尚太にお願いしなよ。おチ×チン、入れてって」

よじれる亜美の身体を強く抱きしめながら、ジョゼが言う。

「そうだ、言ってみろ！」

その言葉に煽られるように、尚太もケモノのような目をして怒鳴りつけてきた。

（ああ……尚ちゃん……私のせいで……）

まだ結婚している身でありながら、息子の友人に犯されて何度も絶頂を極め、そしてその凶暴な肉棒に溺れた。

息子がいま色狂いのような状態になっているのは、すべては自分の弱さが招《まね》いたものなのだと、亜美は思った。

（私にできることは……尚ちゃんの思いを、遂げさせてあげることくらい。みじめな牝に堕ちた私の、せめてもの贖罪《しよくざい》なのよ……）

自分のできることは、きっとそのくらいしかない。それがたとえ言い訳であったとしても、もう感情を抑えきれなかった。

身体の内からわきあがる、とことんまで堕ちていきたいという被虐的な願望に身をまかせ、亜美は蕩けきった顔を後ろで肉棒をいきり立たせる息子に向けた。

「ああっ、尚ちゃん、入れて！　私のお尻、たくさん犯して！　あああっ、感じさせて！」

もう息子を受け入れるなどという気持ちではなく、ただ肉棒を肛肉に欲していた。

初めて二本の肉棒で両穴を塞がれる。その昂りに胸が締めつけられる。情けなくて恥ずかしいが、牝としての欲望が勝っていた。

「いくぞ、変態女！」

こちらも取り憑かれた顔の尚太は、褐色の少年に覆いかぶさった母のヒップを両手で鷲摑みにして、肉棒を一気に押し出してきた。

「そうよ、私はどうしようもない、変態の牝よ！　あっ、はあああああっ！」

開き直りにも似た叫び声をあげたとき、アナルを硬いモノが引き裂いた。

「ああっ、あああっ、入ってキテる！　ああっ、尚ちゃん、あああああっ！」

この世でもっとも受け入れてはならない息子の肉棒が、排泄器官を遡ってくる。

その背徳の行為がさらに亜美の身体を燃やし、全身が一気に痺れ蕩けていった。

「母さんの、ケツの中、すごく熱いよ、くううう！」

ふだんはけっして言わない下品な言葉を口にしながら、尚太は一気に怒張を押し込んできた。

ジョゼのモノとは比べものにならないが、カリ首が敏感な腸壁を強く抉った。

「僕も、いくよ、ほらっ！」

亜美の身体をしっかりと下から抱きしめながら、ジョゼもピストンを再開した。

野太い怒張が躍動し、ドロドロに溶けた状態の媚肉を激しく突きあげる。

「あぁっ、あああっ、あたってる！　ああっ、あぁあん、ああああっ！」

腸と膣の二つの穴で肉棒が派手な動きをすると、身体の中で薄い膜を挟んでぶつかっている感じがする。

両方から強烈な快感に突きあがり、亜美は意識が飛びそうになった。

「ああっ、硬い！　あああ、二人とも、あああん、すごいいい！」

尚太のモノもジョゼに大きさでは負けているが、硬さではあまり差がない。

その鋼鉄のような二本の肉棒が、筋膜越しにゴツゴツとぶつかる。それがまた、たまらない。

「おおっ、吸いついてきた、亜美の奥が！」

極限状態の昂りにある亜美の膣奥は肉棒をさらに貪ろうと、きつい収縮をみせている。ジョゼの大きく張り出したエラが、敏感な粘膜を強く擦りつけた。

「ああっ、だって、だって、あああっ！　オマ×コいいの、あああっ！」

瞳を泳がせ唇を半開きにしたまま、亜美は涙とヨダレまで流して悦楽に酔いしれる。

身体は痺れきってほとんど感覚がないのに、二穴だけは異様なくらいに敏感だった。

「ああぁっ、すごいわ！　二人とも、ああっ、亜美、狂っちゃう！」

もうなにかを考えることも放棄して、亜美はただ快楽に溺れ、ジョゼの唇にしゃぶりつき舌を絡ませる。

自分の穴のすべてを塞いで、搔き回してほしい。そんな思いで彼の舌を貪った。

「おお、母さん！　くううう、お尻は、気持ちいいか？」

激しく口を吸いあう二人に刺激されたのか、息子も歯を食いしばりながら、怒張をこれでもかとピストンしてきた。

「んん、ぷはっ、あああっ、気持ちいいわ！　あああん、二人とも硬くて、ああああっ、いいのっ！」

唇が離れると同時に、亜美は後ろを振り返って叫んでいた。両穴から絶えずわきあがる快感に、もはや脳まで痺れ落ちていた。

「どっちが、気持ちいい？　僕のと、尚太のと」

酔いしれる亜美に、ジョゼがそんな言葉をぶつけてくる。尚太を貶《おとし》めたいというよりは、無邪気に質問している感じだ。

「そ、それは……」

その言葉に言いよどむと、ジョゼはさらにピストンを激しくした。こん棒のような太いモノが蕩けきった媚肉を強く搔き回し、子宮口を押しあげた。

「あああっ、ひあああっ！　ごめんなさい、尚ちゃん、あああっ、ジョゼのおチ×チンすごいの！　あああっ、もう全部、どうでもよくなるくらい、すごいの！」

一気に膨らんできた膣と子宮の快感に身をまかせ、亜美は悩乱しきった顔を息子に向けて叫んでいた。

「そんなの、わかってるよ……くそっ、くそっ！」

尚太は悔しそうにしながら、これでもかと腰を亜美のヒップにぶつけてくる。

「あああっ、すごい！　ああ、尚ちゃんも、すごい！　ああっ、もうだめ、あああっ、亜美、イッちゃうわ！」

崩壊という言葉がぴったりに思えるくらい、亜美は瞳も唇も大きく開いたまま、女の頂点へと向かってく。

背中が自然とのけぞり、ジョゼの身体との間で押しつぶされていた、Hカップの熟乳が顔を出して波を打った。

「くうう、僕も……もうだめだ、出ちゃうよ！」

母の叫びに呼応するように、尚太も限界を口にした。

「尚太、いっしょに、フィニッシュしよう。亜美も、イクんだ！」

ジョゼは亜美の肩越しに尚太に声をかけながら、巨大な逸物を豪快に動かしてきた。

ぱっくりと開いたピンクの媚肉に、血管が浮かんだ巨根が激しく出入りを繰り返す。

「あああっ、二本とも！　あああん、すごいわ！　あああっ、ああああん！」

ジョゼに求められるままに尚太もピストンを加速し、亜美は全身の力を抜いてすべてを受け止める。

もう自分だけでなく、息子もジョゼに操られている。たがそんなことを深く考える余裕など、もう亜美にはない。

「あああっ、イク、イクうううう！　あああっ、ひああああああっ！」

下にいるジョゼの肩を強く握りしめ、亜美は強烈なエクスタシーを迎えた。

いろんな感情もすべて吹き飛び、全身をガクガクと痙攣させながら、とんでもない叫び声をあげる。

「ひいいいいい！　あああっ、すごいいい！　はああっ、はああああああっ！」

身体がバラバラになるかと思うような快感に、亜美はただ一匹のケダモノとなって、涙を流して絶叫していた。

「うう、僕もイク！」

「うあ、俺も出すよ、くうううう！」

二人は息を合わせるように、同時に射精した。腸内と膣内で硬化した逸物がさらに膨れあがり、熱く粘り気の強い精液が放たれる。

「あああっ、ああ、すごい勢い！　ああっ、あああああっ！」

若い二人は、何度も大量の射精を繰り返す。尚太の精液は亜美のお腹の奥にまで達し、ジョゼの精液は膣奥を満たして子宮にまで染み込んできた。

「ああっ、あああああん、いいいっ！　あああ、亜美、ああっ、幸せ、あああああっ！」

体内を満たしていく男たちの粘液に亜美は酔いしれ、延々と寝室に艶めかしい叫びを響かせつづけた。


母のアナルを犯した息子はいつの間にか姿を消し、そのあとはジョゼに明るくなるまでイカされつづけた。

目が覚めたときは、もうお昼前だった。まだ高いびきのジョゼをそのままにして、亜美はTシャツだけを裸の身体に着て寝室を出た。

（ああ……尚ちゃん）

とにかく喉が渇いていて、冷蔵庫に向かおうとしたのだが、廊下に出たとたんに自分の犯した罪の重さに涙が溢れてきた。

肉欲に溺れ、ケダモノとなって、息子の精を歓喜しながら直腸に受けた。

こんなひどい母親が、この世にいるだろうか。亜美はつらくて悲しくて、意識が朦朧とするほどだった。

「尚ちゃん！」

リビングに入ると、息子がソファに座ってテレビを見ていた。いつもの日曜の光景だが、亜美は飛びあがって驚いた。

「母さん、おはよう。もうお昼だけど」

Tシャツから H カップのバストの形をくっきりと浮かばせ、裾からは陰毛をちらつかせている母の姿を見ても、尚太はとくに表情を変えずに言った。

「尚ちゃん、あのね、私、ああ……ごめんなさい……」

息子の顔を見ると、自然と涙が溢れてきた。取り返しがつかないとわかっていても、申し訳ない気持ちでいっぱいだ。

「泣くなよ。謝ったって、ジョゼと離れられないんだろ？」

息子はあくまで冷静に、そう言った。

「う、うん……ごめん……」

どちらが親なのかわからないくらいに、亜美のほうが取り乱している。ただ彼の言葉を否定しなかったのは、ジョゼの巨根から逃れられないということを一番わかっているのは、他の誰でもなく亜美自身だからだ。

いまもまだ、膣やアナルに巨大な逸物の感触が残り、ジンジンと痺れている。

（あんなに、苦しくなるくらいに、イカされたのに……）

それでもまだ、怒張を欲しがる身体。それを否定する気力は、もう亜美には残っていなかった。

「いいよ、ジョゼのことが好きなんだろ？　このまま毎日、やりまくったらいいじゃん。そのほうが、僕もありがたいよ」

「えっ……」

意外な言葉に驚いて亜美が涙に濡れた目を向けると、尚太は昨晩、母の尻たぶを摑んできたときと同じ、ギラついた目をしていた。

「夕べも言ったろ。母さんがよがっている姿を見るのが、なにより興奮するんだよ」

尚太はゆっくりとソファから立ちあがると、白い太腿を剝き出しにした亜美と向かいあった。

そして部屋着のハーフパンツの上から、肉棒を触っている。

「そんな尚ちゃん……ああ……だめよ」

母が他人に犯される姿で興奮するという、変態的な嗜好に息子を目覚めさせてしまった。

それを招いたのは、すべて亜美自身の弱さが原因だ。

「これからも、母さんのエロいところ、いっぱい見せてくれるよね？」

尚太はハーフパンツを脱ぎ捨てると、亜美のほうに肉棒を向けてしごきだした。

すでにギンギンに勃起した肉棒は、先端がカウパーに濡れている。

「ああっ、尚ちゃん、わかったわ……好きなだけ見て、興奮して……」

もうあと戻りできないのなら、すべてを受け入れるしかないと、亜美もTシャツをまくって脱ぎ捨てた。

これもまた、自分の犯したことへの贖罪なのだ。息子が他の女性とセックスとすることよりも、自分の痴態を見て興奮するというのなら、とことん付きあおう。

「ああっ、尚ちゃん、好きなだけ見て！　ああっ、私でオナニーして！」

肉体のすべてを晒して、息子と向かいあった亜美は、自ら乳房を揉んでクリトリスをこね回した。

「あっ、あああっ、尚ちゃん！　ああっ、私って、エッチ？」

開き直って快感に身を任せると、全身が一気に熱く燃える。

ジョゼの精液の痕跡が残る膣口からは、あっという間に愛液が溢れ出し、少しがに股気味になった両脚が、ガクガクと震えていた。

「あああっ、すごくエロいよ！　母さんは、本物の淫乱女だ！」

息子は息づかいを荒くして、しごく手にも力がこもってきた。

「あああっ、そうよ、あああん！　母さんは、ジョゼのチ×ポの虜になった、どうしようもない、スケベ女なのよ！　ああっ、あああああっ！」

息子に蔑みを受けるとマゾ的な感情が刺激され、身も心も痺れきっていく。

痛くなるくらいに乳房を鷲摑みにして、クリトリスをこれでもかとしごいた。

「くうう、もう出る……母さんが、いやらしいから、くう、もう出ちゃうよ！」

尚太は顔を歪めると少し亜美に近づき、肉棒をこちらに向けた。

「ああっ、尚ちゃん、いっぱい精子かけて！　ああっ、私も、ああっ、イクう！」

尚太の意図を察し、亜美も小柄な身体を前に出した。至近距離で向かいあい立ったまま、親子は自慰行為に溺れる。

「くうう、出る！　出るよう、ううう！」

尚太は腰を前に突き出して、極みに達した。亀頭部から勢いよく精液が飛び出し、なんと亜美の乳房や顔まで達した。

「ああっ、亜美も！　あああん、イク、イクうううう！」

息子の精液の温もりを頬や首筋に感じながら、亜美は虚ろに瞳を彷徨わせて絶頂に達した。

他人から見たら、きっと異常な親子でしかないだろう。ただこれでもいい、私たちは幸せなのだからと、絶頂に痺れる亜美は感じていた。


「おかえり、尚ちゃん」

今日も卓球部の練習を終えて自宅に戻ると、母が笑顔で迎えてくれた。

以前と変わらない、明るい笑顔を見せる母。ただ服装が以前とはうって変わり、身体を強調したデザインのものになっている。

(ジョゼの、好みだ……)

豊満なお尻の形がくっきりと浮かぶようなタイトなミニスカートに、Hカップのバストにはりつくようにフィットしたカットソー。

乳房もお尻も巨大な母がこんな格好をしたら、裸よりもいやらしく見える。この姿で買い物にも行くというのだ。

きっと、道行く男たちの視線を集めていることだろう。

「今日は、ジョゼが来るから、いっしょに夕ご飯ね。たくさん作ったから」

声を弾ませた母は少し照れたような感じで、リビングに入ってきた息子を見た。

「うん、わかってる」

今日は土曜日。ジョゼは毎週、土曜だけは尚太の家に来て宿泊していく。

すべてが露見したあとは、毎日のようにここに通いつめるかと思ったジョゼだったが、平日の尚太がいる時間に来ることはない。

尚太の部活が終わるまでに帰るか、亜美とはジョゼの家で会うようにしているようで、それも二日に一度くらいだ。

どこかで一線を引かなければと、ジョゼのほうから提案してきた。

「今日も、見るの？」

ジョゼとした日には、すぐにわかるくらい母からは淫臭が漂う。土曜日に彼が来るのを待っているときも同様だ。

全身からムンムンと欲情した牝の香りが立ちこめ、顔つきもなんとも淫らになる。

「当たり前だよ、五台のカメラで、しっかり見させてもらうよ」

ジョゼとの行為を覗くのかと聞いてきた母に、尚太は当たり前のように言った。

母の寝室には五台ものカメラがセットされていて、その画像を自室のモニターで見ながらオナニーをするのが尚太の楽しみだ。

「うん……頑張るね」

やけに明るく母は言った。息子の歪んでしまった性癖を受け入れ、自分がジョゼの巨根を貪る姿を、とことんまで見せつけるつもりのようだ。

母がよがり狂う姿を想像し、ソファに腰を下ろした尚太は、無意識に股間を触っていた。

「それと、お父さんが、お金を振り込んできたわ。尚太の進学費用にしてくれって」

「へー」

あれから、父と母はあっさりと離婚した。もう母も、父に執着する理由など微塵もなくなったのだから当たり前だ。

そして尚太も、両親が別れたことになんの感情もなかった。親子三人、異常なのはお互い様だし、自分の思う道を生きればいいと悟るような気持ちだった。

「ありがとうって、メールしとくよ」

母のほうを見ないまま、尚太はそう答えてテレビのリモコンを握った。気を紛らわせていないと夜の母の痴態が楽しみすぎて、オナニーを我慢できなくなりそうだったからだ。

「ああっ、はああああん、ジョゼ！　あああっ、すごい！　ああっ、あああっ！」

その夜、ベッドに横たわったジョゼの上に跨がり、母は自ら身体を揺すって肉尻を叩きつけている。

Hカップの熟乳を揺らし、唇を割り開いてよがる姿は、まさに牝のケダモノだ。

「亜美、すごいよ、もっと感じて、尚太に見せてあげて！」

騎乗位で跨がった母を下から見あげながら、ジョゼは尚太の名を口にする。

「あああああっ、ああっ、見てえ、尚ちゃん！　あああん、ああっ、ジョゼのおチ×チン、最高なのよ！　あああっ、もう他のもの、全部いらない、あああああっ！」

もうなにもかも捨てたように、母は喘ぎつづけている。白い肌に汗を浮かべ、パンパンと小気味のいい音を響かせながら、自ら牝肉をジョゼの股間にぶつけていた。

「くうう、母さん！」

実の子である自分すら、捨てるような言葉を口にした母に、尚太は怒りと嫉妬で胸が掻きむしられた。

だがそれが異様な興奮へと変化し、肉棒が熱く、そして硬くなるのだ。

「僕としない日は、尚太にしてもらいたいって思う？」

ジョゼはそんな尚太の性癖に気がついているのか、煽るような言葉を口にした。

「あっ、あああん、無理！　ああっ、あの子のじゃ、無理よ、あああっ！　ジョゼのおチ×ポしか、もう気持ちよくなれない、あああああっ!」

なんの迷いもなく母の口から出た言葉に、尚太は肉棒をしごく手を加速させる。

「ふふ、ありがとう。じゃあ、ご褒美に、僕の精子をたくさんあげるよ」

「あああっ、ちょうだい! あああん、ジョゼの精子で、亜美のオマ×コと子宮を、いっぱいにしてぇ!」

もう尚太と亜美の母子は、完全にジョゼのコントロール下にあると言ってもいい。それを尚太もわかっているが、この異常な昂りから逃げられなかった。

「よし、イクよ、亜美! おおっ、うおおおっ!」

もう最近は、避妊薬も飲んでいないらしい。ジョゼの赤ちゃんができたら産みたいと、母はうっとりとした顔で言っていた。

「はあああん、ジョゼ! いい、あああああん、ああっ、イクっ、イクううう!」

すべてをジョゼに委ねるように、母は恍惚とした顔を見せながら、身体を前屈みにして全身を震わせた。

「イクよ、亜美、出る!」

ジョゼもタイミングを合わせるように、下から大きく腰を突きあげて、仰向けの身体を引き攣らせた。

「ああっ、はうっ、精子キテる！　ああっ、すごい、ああっ、妊娠しちゃううう！」

母はうわごとのように断片的な言葉を口にして、エクスタシーに酔いしれている。

その顔は、この世の無上の悦楽に溺れているように思えた。

「くうう、妊娠するのか……ううう、ううう……」

いまこの瞬間に、母はジョゼの子を孕《はら》んだのかもしれない。そう思うと、胸が苦しくなり呼吸が止まる。

「うううう、イク、出る！」

異様な快感が突きあげてきて、尚太は机や床に精液を飛び散るのもかまわずに、何度も発射した。

「あああ、くうう、あああ、母さん……うう、まだ出る！」

目だけをギラギラと輝かせた尚太は、最後の一滴まで絞りきるように、脈動する肉棒を必死にしごきつづけた。

◉新人作品**大募集**◉

マドンナメイト編集部では、意欲あふれる新人作品を常時募集しております。採用された作品は、本人通知のうえ当文庫より出版されることになります。

【応募要項】 未発表作品に限る。四〇〇字詰原稿用紙換算で三〇〇枚以上四〇〇枚以内。必ず梗概をお書き添えのうえ、名前・住所・電話番号を明記してお送り下さい。なお、採否にかかわらず原稿は返却いたしません。また、電話でのお問い合せはご遠慮下さい。

【送 付 先】 〒一〇一-八四〇五 東京都千代田区神田三崎町二-一八-一一 マドンナ社編集部 新人作品募集係

孕《はら》ませ性活《せいかつ》 熟乳《じゅくにゅう》ママと悪魔《あくま》のような少年《しょうねん》

二〇二一年 三月 十日 初版発行

著者◉鈴川廉平【すずかわ・れんぺい】

発行◉マドンナ社
発売◉二見書房
東京都千代田区神田三崎町二-一八-一一
電話 〇三-三五一五-二三一一(代表)
郵便振替 〇〇一七〇-四-二六三九

印刷◉株式会社堀内印刷所 製本◉株式会社村上製本所 落丁・乱丁本はお取替えいたします。定価は、カバーに表示してあります。

ISBN978-4-576-21021-6 ◉Printed in Japan ◉©R.Suzukawa 2021